REBIRTH ACE 리버스 에이스

REBIRTH ACE 리버스 에이스 19

한승현 장편 소설

초판 1쇄 찍은 날 | 2018년 2월 20일
초판 1쇄 펴낸 날 | 2018년 2월 27일

지은이 | 한승현
펴낸이 | 예경원

기획 | 위시북스
편집책임 | 이규재
편집 | 이즈플러스

펴낸곳 | 예원북스
등록번호 | 제396-2012-000132호
등록일자 | 2012. 7. 25
KFN | 제1-221호

주소 | 경기도 고양시 일산동구 호수로 646-24 위너스21 II 빌딩 206A호 (우)10401
전화 | 031-819-9431 팩스 | 031-817-9432
E-mail | yewonbooks@naver.com

ISBN 979-11-6098-828-4 04810
979-11-5845-486-9 (set)

※ 이 도서의 국립중앙도서관 출판시도서목록(CIP)은 서지정보유통지원시스템 홈페이지(http://seoji.nl.go.kr)와 국가자료공동목록시스템(http://www.nl.go.kr/kolisnet)에서 이용하실 수 있습니다.

REBIRTH
ACE
리버스 에이스
WISHBOOKS MODERN FANTASY STORY
한승현 장편소설
19 완결
전설로
Wish
Books

REBIRTH ACE 리버스 에이스

CONTENTS

139장
2연패

[다저스, 1988년 이후 36년 만에 월드 시리즈 진출!]

[클레이튼 커셔! 생에 마지막 월드 시리즈! 기필코 우승하겠다!]

내셔널리그 단골 우승 후보로 분류됐지만, 다저스는 지난 36년 동안 챔피언십 시리즈 우승이 없었다. 그래서 전문가들의 올 시즌 예상도 높지 않았다. 잘하면 와일드카드를 통해 포스트시즌에 진출하겠지만 월드 시리즈 진출 가능성은 10%도 되지 않을 거라고 전망했다.

하지만 다저스는 새로운 루키들의 활약 속에 자이언츠를 따돌리고 내셔널리그 서부 지구 1위로 디비전 시리즈에 진출했다.

디비전 시리즈 맞상대는 내셔널리그 동부 지구 1위 팀인 내셔널스였다. 내셔널스는 MVP급 활약을 펼친 팀의 간판, 마이크 트라우스를 내세워 월드 시리즈에 당당히 도전장을 냈다.

언론들은 6 대 4 정도로 내셔널스가 챔피언십 시리즈에 진출할 것이라고 내다봤다. 컵스와 함께 내셔널리그 승률 1위를 다퉜던 만큼 다저스를 여유롭게 따돌릴 것이라고 예상한 것이다.

그러나 정작 디비전 시리즈의 승자는 다저스였다. 시리즈 스코어 3 대 1. 어느덧 노장의 반열에 들어선 에이스 클레이튼 커셔가 1차전과 4차전에 등판해 2승을 챙기면서 팀의 챔피언십 시리즈 진출을 이끌었다.

내셔널리그 승률 1위 팀이자 중부 지구 1위인 컵스와 와일드카드 결정전에서 카디널스를 꺾고 올라온 자이언츠 간의 대결은 5차전 접전 끝에 컵스의 승리로 끝이 났다.

애초 예상은 컵스의 여유로운 승리였지만 짝수 해에 강한 자이언츠가 끈질기게 물고 늘어지면서 승부가 5차전까지 이어졌다.

상황이 이렇게 되자 전문가들의 의견이 엇갈렸다. 5차전까지 치른 컵스보다는 4차전에서 시리즈를 마무리 짓고 충분한 휴식을 취한 다저스가 유리하다는 주장과 그렇다 하더라도 내셔널리그 승률 1위 팀인 컵스가 월드 시리즈에 진출할 거라는 주장이 팽팽하게 맞선 것이다.

콕스 TV의 설문 조사 결과 컵스가 챔피언십 시리즈의 승자가 될 거라는 응답이 33%에 달했다. 다저스가 월드 시리즈에 나갈 거란 비율은 27%. 나머지는 잘 모르겠다거나 1, 2차전 결과를 지켜봐야 한다는 뜻을 밝혔다.

시리즈 향방을 묻는 질문에서 응답자의 52%가 7차전을 꼽았다. 6차전이 37%. 5차전 이하는 고작 11%에 불과했다.

아메리칸리그 챔피언십 시리즈에서 양키즈가 4 대 0으로 화이트삭스를 꺾고 월드 시리즈에 진출한 반면 내셔널리그 챔피언십 시리즈는 4차전까지 2승 2패로 균형을 맞추고 있었다.

ㄴ그래, 7차전까지 가는 거야!

ㄴ월드 시리즈에 누가 올라오든 상관없어! 어차피 우승은 양키즈니까.

ㄴ맞아! 우리는 내셔널리그 챔피언십을 끝까지 지켜볼 권리가 있다고!

ㄴ7차전! 7차전이야! 그 이하는 의미가 없어! 무조건 7차전까지 가야 해!

양키즈 팬들은 한목소리로 7차전을 바랐다. 누가 올라오더라도 넝마가 되어 양키즈에게 박살이 나길 기대했다.

하지만 내셔널리그 챔피언십 시리즈는 6차전에서 끝이 났다. 에이스 클레이튼 커셔와 3선발 크리스 데이비스가 5, 6차전을 연속으로 잡아내면서 내셔널리그 승률 1위 컵스를 무너뜨리는 이변을 연출해 낸 것이다.

덕분에 양키즈 팬들도 바빠졌다.

ㄴ이렇게 되면 클레이튼 커셔가 개막전에 나오는 건가?

ㄴ5차전에 나왔으니까 정확하게 4일을 휴식할 수 있어.

ㄴ그럼 한정훈 대 클레이튼 커셔의 리턴 매치가 이루어지는 거야?

ㄴ그건 지켜봐야겠지. 다저스 데빈 로버츠 감독이 한정훈을 피해 갈 수도 있을 테니까.

ㄴ그런데 한정훈 괜찮을까? 지난 챔피언십 시리즈 1차전 등판 이후로 너무 오래 쉬었는데.

ㄴ들리는 이야기로는 한정훈의 컨디션 조절을 위해 양키즈가 자체적으로 연습 경기를 진행했다고 하는데 모르겠어. 청백전과 실전은 느낌이 다를 테니까.

ㄴ1차전이 원정 경기라고. 난 그게 제일 불안해.

양키즈 팬들의 최대 관심사는 당연히 한정훈의 컨디션이었다. 챔피언십 시리즈가 5차전까지 갔다면 아무 문제가 없었겠지만 4차전에서 끝나 버리면서 한정훈은 월드 시리즈 1차전까지 무려 열흘을 쉬어야 하는 상황이었다.

1차전이 양키즈 스타디움이 아닌 다저스 스타디움에서 열린다는 점도 달갑지 않았다. 매년 조금씩 성적을 끌어올리고 있긴 하지만 한정훈의 내셔널리그 원정 경기 평균 자책점은 시즌 평균보다 높은 편이었다.

지나친 휴식으로 투구 밸런스가 흐트러진 상황에서 내셔널리그 원정에 대한 부담까지 겹친다면 한정훈답지 않은 투구가 나올 가능성도 배제할 수 없었다.

무엇보다 상대 선발이 클레이튼 커셔였다. 한정훈의 등장 이후 메이저리그 최고 투수라는 타이틀을 박탈당하긴 했지만 클레이튼 커셔는 여전히 위력적인 투수였다.

전성기를 지나면서 구속은 줄어들었지만, 그것을 만회할 만큼 구종들을 다듬으며 올 시즌에도 사이영상 후보 선수 명단에 당당히 자신의 이름을 올리는 데 성공했다.

15승 8패 평균 자책점 2.75.

올 시즌 클레이튼 커셔의 활약이 없었다면 다저스의 지구

1위 등극도 불가능했을 거라는 게 정설이었다.

게다가 클레이튼 커셔에게는 확실한 동기 부여가 있었다.

“지난 22년에 한정훈과의 맞대결에서 판정패를 당했죠. 아마 그때의 기억을 잊지 않고 있을 겁니다.”

“그 경기 이후로 모든 언론에서 한정훈을 메이저리그 최고 투수로 인정했었으니까요. 클레이튼 커셔 입장에서는 자존심이 상할 수밖에 없었을 겁니다.”

“중요한 건 올 시즌이 끝나면 클레이튼 커셔가 옵트 아웃을 행사할 수 있다는 점입니다. 투수 인생의 마지막 대박 계약을 노리는 클레이튼 커셔에게 이번 1차전은 그 어떤 경기보다 중요할 수밖에 없습니다.”

“다저스 팬들의 성원에 보답하기 위해서라도 한 번쯤은 다저스 유니폼을 입고 월드 시리즈 정상에 서고 싶을 겁니다. 그게 클레이튼 커셔의 오랜 바람이었으니까요.”

“반면 한정훈은 지난 2년간 누릴 수 있는 모든 걸 다 누렸습니다. 사이영상 2연패. MVP. 월드 시리즈 우승. 확실히 절실함에 있어서는 클레이튼 커셔의 손을 들어줄 수밖에 없을 것 같습니다.”

전문가들의 예상대로 클레이튼 커셔는 경기 초반부터 전의를 불태웠다.

1회 초 선두 타자로 들어온 브라이언 리에게 초구부터

96mile/h(≒154.4km/h)의 포심 패스트볼을 던지며 클레이튼 커셔가 죽지 않았다는 걸 모든 이에게 똑똑히 각인시켰다.

—와우, 와우! 지금 우리가 보고 있는 선수가 클레이튼 커셔가 맞나요?

—정말 대단합니다! 전성기 시절 클레이튼 커셔가 돌아온 것 같은 착각이 들 정도입니다!

콕스 TV 중계진은 감탄을 금치 못했다. 그만큼 클레이튼 커셔의 공이 좋았다. 포심 패스트볼은 물론이고 전매특허인 커브에 날카로운 슬라이더까지 무엇 하나 버릴 게 없을 정도였다.

반면 한정훈은 다소 불안하게 시작했다. 평소보다 공이 높게 제구되면서 1번 타자 제런 맬기스를 사사구로 내보내고 만 것이다.

구심의 스트라이크존이 클레이튼 커셔 때보다 엄격하게 적용된 감이 없지 않았지만 컨디션이 좋을 때의 한정훈과는 확실히 다른 모습이었다.

—다저스, 절호의 기회를 맞았습니다.

—한정훈이 무사에 주자를 내보내는 경우가 거의 없거든

요. 다저스가 여기서 선취점을 뽑아낸다면, 오늘 한정훈이라는 항공모함을 침몰시킬 수 있을지도 모르겠습니다.

콕스 TV 중계진은 1회부터 대반전이 일어날지 모른다며 기대를 부풀렸다. 하지만 한정훈은 곧바로 2번 타자 마이크 존스를 3루수 땅볼로 유도하며 루상의 주자를 깔끔하게 지워 버렸다.

2사에 주자 없는 상황에서 타석에 들어선 야셀 푸이그는 2루수 땅볼로 물러났다. 평소처럼 탈삼진 퍼레이드가 시작되지는 않았지만, 순식간에 세 개의 아웃 카운트를 챙기고 내려가는 한정훈의 모습은 실로 전율이 느껴질 정도였다.

–과연 한정훈이네요.

–대단한 선수입니다. 정말…… 빈틈이 보이질 않아요.

콕스 TV 중계진이 질렸다며 고개를 흔들어 댔다. 컨디션에 따라 피칭 스타일을 바꾸는 카멜레온 같은 투구는 한정훈 나잇대의 투수가 흉내 낼 수 있는 게 아니었다.

하지만 한정훈은 제구력 난조 속에서 2회와 3회를 연속 삼자범퇴로 돌려세우며 컨디션을 끌어올렸다.

그리고 5회, 다저스 중심 타자들을 상대로 최고 구속

104mile/h(≒167.3km/h)짜리 포심 패스트볼을 내던지며 부활을 알렸다.

—아아, 한정훈. 완전히 살아난 모습입니다.

—이게 1회 때의 피칭 모습인데요. 1회에 비해 확실히 공을 끝까지 끌고 나오고 있습니다.

—1회 때 투구도 나쁘지 않았었는데 지금 투구는…… 그야말로 무서울 정도입니다.

—네, 아메리칸리그 사이영상 3연패가 유력하다는 소리가 괜히 나오는 게 아닌 것 같습니다.

한정훈이 코일 시거-라몬 에르난데스-데븐 크레이크로 이어지는 다저스의 중심 타자를 연속 삼진으로 돌려세우자 다저스 스타디움이 깊은 침묵에 휩싸였다.

클레이튼 커셔의 호투 덕분에 전광판의 스코어는 아직 0 대 0이었지만 다저스 팬들은 양키즈에게 서너 점 뒤처진 듯한 기분을 떨쳐 내지 못했다.

"커셔, 제발!"

"믿을 건 너뿐이야!"

다저스 팬들은 한목소리로 클레이튼 커셔의 호투를 기도했다. 한정훈이 살아난 이상 평범한 호투가 아니라 완벽한 호투가 필요한 시점이었다.

클레이튼 커셔가 효율적인 피칭으로 최대한 오랜 이닝을 버텨주지 못한다면 전 세계 모든 다저스 팬이 꿈꾸는 1차전의 기적은 물거품이 되고 말 터였다.

"후우……."

마운드에 오른 클레이튼 커셔도 무겁게 한숨을 내쉬었다.

5회까지 피안타 2개. 사사구 1개. 무실점에 탈삼진만 9개를 잡아냈다. 정규 시즌을 통틀어 오늘처럼 올해 오늘처럼 좋은 공을 던진 적은 없었다.

그런데도 팀은, 팬들은 클레이튼 커셔에게 그 이상을 바랐다. 그 이상을 보여주지 않는다면 다저스의 월드 시리즈 우승은 없을 것이라며 압박했다.

클레이튼 커셔는 가슴 한구석이 답답했다. 다저스의 에이스로서 월드 시리즈 우승을 간절히 염원해 왔지만, 솔직히 이 정도로 부담스러울 줄은 미처 예상하지 못했다.

무엇보다 한정훈을 상대한다는 게 힘에 부쳤다. 자신의 커리어에 경험이 더해진다면 충분히 상대할 만하다고 생각했는데 그게 대단한 착각이었다는 사실이 클레이튼 커셔를 착잡하게 만들었다.

클레이튼 커셔의 시선이 잠시 더그아웃 쪽으로 움직였다. 정확하게는 데빈 로버츠 감독을 향했다.

데빈 로버츠 감독은 7회까지만 버텨 달라고 말했다. 5회까지 투구 수가 67구였으니 7회까지 던지는 건 어려운 일이 아니었다.

다만 자신의 뒤를 이을 투수들이 양키즈 타선을 무실점으로 막아낼 수 있을지에 대한 확신이 없었다.

'최대한 오래 버텨야 해.'

클레이튼 커셔가 질근 입술을 깨물었다. 7회는 물론이고 8회도, 9회도 던질 수 있다면 던져야 했다.

한정훈이 마운드를 내려가기 전에 먼저 마운드를 내려갔다간 다저스의 월드 시리즈 우승도 물 건너갈 것만 같았다.

클레이튼 커셔는 포수 오스틴 터너를 마운드로 불렀다. 그리고 타자들을 맞춰 잡겠다는 뜻을 전했다.

"알겠습니다."

오스틴 터너는 군말 없이 고개를 끄덕였다. 그렇지 않아도 세 번째 타순에 접어들고 있었다. 앞선 두 번의 타순에서 공격적인 피칭을 유지했던 만큼 이제는 볼 배합에 변화를 줄 필요가 있다고 여겼다.

다행히도 그 작전은 통했다.

1번 타자 브라이언 리는 3구째 슬라이더를 건드렸다가 2루 땅볼로 아웃 됐다.

2번 타자 비비 그레고리우스는 초구 커브를 건드려 중견수에게 잡혔으며 3번 타자 요하니스 페데즈는 3구 포심 패스트볼을 잡아당겨 3루 직선타로 물러났다.

이 세 명의 타자를 상대하는 데 던진 공은 단 7개.

총 투구 수도 74구에 그쳤다.

'좋았어. 최소 8회까진 던질 수 있어.'

마운드를 내려오면서 클레이튼 커셔가 주먹을 움켜쥐었다. 데빈 로버츠 감독도 밥 그린 벤치 코치와 이야기를 나누고는 클레이튼 커셔를 8회까지 밀고 나갈 생각을 굳혔다.

하지만 클레이튼 커셔의 피칭은 7회에서 끝이 나버렸다. 4번 타자 그린 버드는 잘 잡아냈지만, 대타로 들어온 제이크 햄튼에게 한복판으로 몰리는 커브를 던졌다가 전광판을 직격하는 초대형 홈런을 얻어맞으며 실점을 하고 만 것이다.

뒤이어 타석에 들어선 6번 타자 황철민은 흔들리는 클레이튼 커셔의 초구를 밀어쳐 좌중간을 3루타를 때려냈다.

잘만 하면 단타로 막아낼 수 있는 타구였지만 우익수 야셀 푸이그가 무리하게 다이빙 캐치를 시도하다 공을 빠뜨리면서 최악의 상황으로까지 이어졌다.

"클레이튼, 고생했어."

결국, 데빈 로버츠 감독은 클레이튼 커셔를 내리고 5선발인 알렉스 우든을 투입했다. 그리고 알렉스 우든은 7번 타자 카일 스위버와 8번 타자 아담 앤더슨을 연속 삼진으로 돌려세우며 데빈 로버츠 감독의 기대에 부응했다.

하지만 9회 초, 그린 버드에게 투런 홈런을 허용하면서 경기를 완전히 양키즈 쪽으로 내주고 말았다.

한정훈은 8회까지 무실점으로 다저스 타자들을 틀어막고 에이스로서의 역할을 다했다. 9회 말에 마운드에 오른 라몬 에르난데스는 7, 8, 9 하위 타선을 깔끔하게 틀어막고 한정훈의 승리를 지켰다.

최종 스코어 3 대 0.

뭔가 대단한 일이 벌어질지도 모른다고 기대했던 1차전은 결국 별다른 반전 없이 끝이 났다. 그리고 이 경기가 시리즈의 향방을 결정지었다.

"1차전은 아쉽게 패배했지만 2차전은 기필코 잡아내야 합니다."

"홈에서 열리는 2차전까지 내준다면 다저스에 희망은 없습니다."

다저스의 레전드들은 한목소리로 2차전 승리를 요구했다. 데빈 로버츠 감독도 2선발인 마에다 켄타를 선발로 내세우며 기필코 설욕하겠다는 뜻을 보였다.

입단 초기만 해도 큰 기대감을 주지 못했던 마에다 켄타는

8년간의 계약을 잘 마무리 지은 뒤 지난해 다시 4년 4,000만 달러에 재계약을 맺은 상태였다.

올 시즌 성적은 14승 10패. 평균 자책점 3.25.

지난 8년에 비해 평균 자책점이 높아지긴 했지만, 경기 운영은 더욱 노련해졌다는 평가를 받았다.

다저스 팬들도 마에다 켄타가 2차전의 영웅이 되어주길 간절히 바랐다. 하지만 아메리칸리그 최강의 2선발이라 불리는 하리모토 쇼타는 결코 만만한 상대가 아니었다.

퍼엉!

하리모토 쇼타가 내던진 초구가 아담 앤더슨의 미트에 꽂히자 1번 타자 제런 맬기스의 표정이 굳어졌다.

다급히 올려다본 전광판에 찍힌 구속은 무려 100mile/h(≒160.9km/h). 겨우내 한정훈과 함께 체력 훈련을 중점적으로 한 덕분에 포스트시즌 막판에 접어든 상황에서도 구속과 구위가 조금도 떨어지지 않았다.

반면 마에다 켄타의 패스트볼 구속은 91mile/h(≒146.4km/h)에 머물렀다. 정규 시즌과 포스트시즌을 포함해 올 시즌 200이닝 넘게 공을 던지다 보니 체력적인 한계가 찾아온 것이다.

양키즈 타자들은 그 틈을 놓치지 않았다. 마에다 켄타의 공에 익숙해진 4회와 5회, 9개의 안타를 몰아치며 무려 6점을 빼앗아 버렸다.

다저스 타자들이 어떻게든 점수를 만회하려고 했지만 하리모토 쇼타라는 벽을 넘지 못했다. 하리모토 쇼타가 마운드를 버티는 7이닝 동안 때려낸 안타는 단 3개. 그것도 전부 단타에 불과했다.

최종 스코어 6 대 0.

"때려치워! 다 때려치우라고!"

"이 멍청이들아! 대체 뭘 하는 거야!"

쏟아지는 팬들의 비난 속에 다저스 선수들은 고개를 떨어뜨릴 수밖에 없었다.

전문가들도 양키즈의 2연패가 사실상 확정됐다고 말했다.

"지난 챔피언십 시리즈에서 한정훈과 하리모토 쇼타는 충분한 휴식을 취했습니다. 따라서 홈에서 열리는 4차전과 5차전에 등판하는 데 아무런 문제가 없습니다."

"솔직히 다저스가 3차전을 이길 수 있을지도 회의적입니다. 3차전 선발인 테너 제이슨은 양키즈 스타디움에서만 9승을 올렸습니다. 평균 자책점도 2.52로 낮은 편이고요."

"반면 다저스의 원정 경기 승률은 포스트시즌 진출 팀 가운데 두 번째로 낮습니다. 3차전 선발인 크리스 데이비스도 월드 시리즈가 첫 경험이고요."

"다저스 입장에서는 3차전과 4차전을 잡고 한정훈이 5차전에 나서길 바라는 게 최선입니다."

"일단 다저스 스타디움으로 시리즈를 끌고 간다면 변수는 충분히 만들 수 있을 테니까요."

전문가들은 다저스가 월드 시리즈 우승 가능성을 유지하기 위해서라도 3차전을 잡을 필요가 있다고 지적했다.

데빈 로버츠 감독도 3차전을 잡기 위해 4선발로 활약했던 이승민을 불펜에서 대기시키겠다며 총력전을 펼칠 뜻을 밝혔다.

하지만 3차전도 다저스의 뜻대로 풀리지 않았다.

-아, 큽니다. 이건 넘어갔네요.

-그린 버드! 루상에 들어차 있던 모든 주자를 전부 홈으로 불러들입니다.

-1회 말부터 만루 홈런이라니……. 다저스 입장에서는 악몽 같을 겁니다.

-아직 이닝이 많이 남아 있긴 하지만 솔직히 오늘 경기를 다저스가 뒤집긴 쉽지 않아 보입니다.

양키즈는 1회 말부터 4번 타자 그린 버드의 만루 홈런으로 일찌감치 앞서갔다.

3연패의 위기에 몰린 다저스도 2회 초와 3회 초, 선두 타자를 출루시키며 득점 기회를 맞았지만, 후속 타자들이 막히면서 점수를 뽑아내지 못했다.

오히려 양키즈는 3회 말 그린 버드의 연타석 홈런포를 앞세워 점수 차이를 벌려 나갔다.

타자들이 초반에 점수를 뽑아주자 테너 제이슨도 마음 편히 공을 던질 수 있었다.

5회 초에 4번 타자 코일 시거에게 3점 홈런을 얻어맞으며 잠시 주춤거렸지만, 애초 목표였던 6이닝을 추가 실점 없이 마무리 지으며 승리의 분위기를 이어 나갔다.

다저스가 8회와 9회, 1점씩을 만회했지만, 경기까지 뒤집지는 못했다.

최종 스코어 6 대 5.

양키즈가 한 점 차 승리를 따내며 월드 시리즈 트로피를 코앞까지 가져왔다.

그래서였을까.

"4차전 선발은 다나카 마스히로입니다."

조지 지라디 감독은 한정훈을 대신해 다시 한 번 다나카 마스히로 카드를 밀어붙였다.

디비전 시리즈와 챔피언십 시리즈에서 제 몫을 다해준 다나카 마스히로라면 클레이튼 커셔를 상대로 쉽게 무너지지 않을 거라 판단했다.

월드 시리즈가 시작되기 전부터 4차전 등판을 목표로 컨디션을 조절해 왔던 다나카 마스히로는 이번에도 나쁘지 않은 피칭을 선보였다.

7이닝 5피안타 3사사구 2실점.

상대가 클레이튼 커셔만 아니었다면 충분히 승리를 챙길 만한 결과였다.

하지만 양키즈 타자들이 혼신의 피칭을 선보인 클레이튼 커셔에게 막히면서 경기는 다저스가 가져갔다.

최종 스코어 3 대 1.

시리즈의 흥행을 걱정하던 메이저리그 롭 프레드 커미셔너의 입에서 안도의 한숨이 터져 나왔다.

LA 언론도 클레이튼 커셔가 다저스를 구했다며 호들갑을 떨었다. 이 기세를 다저스 스타디움까지 이어간다면 리버스 스윕도 불가능하지 않다며 떠들어댔다.

그러나 주요 언론들은 다저스의 월드 시리즈는 끝났다고

단언했다.

전문가들의 예상도 별반 다르지 않았다.

“5차전 선발이 한정훈입니다.”

“그것도 1차전 등판 이후 정확하게 나흘을 쉬고 양키즈 스타디움에서 공을 던지는 한정훈이죠.”

“장담하건대 다저스 타자들은 1차전 때와는 전혀 다른 한정훈을 만나게 될 겁니다.”

“네, 아마도 거의 악몽 수준일 겁니다. 2년 전에 한 차례 겪어보긴 했겠지만, 정규 시즌에서의 한정훈과 포스트시즌, 특히 월드 시리즈의 한정훈은 또 다르니까요.”

“올 시즌 한정훈은 홈에서 등판한 모든 경기에서 승리를 챙겼습니다. 점수를 내준 경기는 5경기밖에 되지 않아요. 데이터가 모든 걸 말해주고 있습니다. 여기서 기적을 운운하는 건 의미가 없습니다.”

“데빈 로버츠 감독도 뭔가 5차전을 이길 만한 작전을 들고 나올 가능성이 큽니다. 하지만 그 작전이 통할지는 솔직히 미지수입니다. 더 냉정하게 말하자면 절대 안 통할 겁니다.”

“몇몇 팀이 시도하긴 했습니다만 한정훈을 무너뜨릴 수 있는 유일한 방법은 수단과 방법을 가리지 않고 한정훈을 최대한 빨리 마운드에서 끌어내리는 것뿐입니다.”

“그것만으로는 부족하죠. 한정훈이 내려가기 전까지 양키즈에 점수를 내주지 않아야 합니다."

"이 정도면 거의 미션 임파서블인데요."

"아마 제아무리 톰 크루즈라 해도 이런 난이도라면 미션을 성공시키지 못할 겁니다."

거의 모든 스포츠 채널의 전문가들이 양키즈의 압승을 전망했다.

콕스 TV 홈페이지에서 진행된 5차전 승리 팀 예상 투표 결과는 더 처참했다.

양키즈가 5차전을 승리하고 우승할 거라는 의견이 무려 95%였다. 다저스가 기적을 만들어낼 거라고 생각한 응답자는 고작 2%에 불과했다.(기타 의견 3%)

"오빠, 부담 갖지 마요. 알았죠?"

언론에서 일방적으로 떠들자 모모코는 한정훈이 괜한 부담을 느낄까 봐 걱정했다.

하지만 한국에서 한국 시리즈 3연패를 이루고 메이저리그에 진출한 한정훈에게 이런 분위기는 그저 일상과도 같았다.

"이기고 돌아올 테니까 마음 편히 기다리고 있어."

"네, 어디 가지 않고 오빠가 이기게 해달라고 기도하고 있을게요."

모모코와 가볍게 입을 맞춘 뒤 한정훈은 김상엽 팀장과 함께 양키즈 스타디움으로 향했다. 경기장에는 일찌감치 수많은 기자가 모여들어 한정훈을 기다리고 있었다.

"한정훈 선수! 지금 기분이 어때요?"

"오늘 이길 자신 있나요?"

"다저스가 총력전을 선언했는데요! 부담되지 않나요?"

"상대인 마에다 켄타 선수에 대해 한 말씀 해주세요!"

기자들은 어떻게든 한정훈에게 한마디라도 들어보려고 안달이었다.

어쩌면 오늘 경기를 마지막으로 2024시즌이 끝날지도 몰랐다. 그리고 만약에 그렇게 된다면 그 주인공은 한정훈이 될 가능성이 컸다.

하지만 한정훈은 언제나처럼 쏟아지는 기자들의 질문에 옅은 미소로 대신했다. 그를 대신해 김상엽 팀장이 기자들에게 붙들렸다.

"죄송합니다. 한정훈 선수가 경기에 집중해야 해서요. 인터뷰는 경기 끝나고 하겠습니다."

"미스터 킴! 그러지 말고 한마디만 해줘요!"

"네, 차라리 저한테 물어보십시오. 대답해 드릴 수 있는 건 대답해 드릴 테니까요."

"한정훈 선수 컨디션은 어때요?"

"직접 물어보지는 않았지만, 평소와 크게 다르지 않아 보입니다."

"그거 다저스 팬들에게는 재앙과도 같은 소식인데요."

"하하, 하지만 양키즈 팬들에게는 행복한 소식이 되겠지요."

"한정훈 선수의 아내가 일본인인데 일본인 투수와의 맞대결이 부담스럽지 않을까요?"

"글쎄요, 이곳은 메이저리그입니다. 그리고 한정훈 선수는 양키즈 소속입니다. 만약에 다저스에서 이승민 선수가 등판했다 하더라도 한정훈 선수는 평소처럼 공을 던질 겁니다. 그게 프로니까요."

"그래도 아내를 생각하면 신경이 쓰이지 않을까요?"

"하하, 그 질문에 대한 답은 충분히 드린 것으로 알겠습니다."

"잠깐! 하나만 더요! 한정훈 선수 내년 시즌이면 계약이 종료됩니다. 에이전트로서 한 말씀 해주세요!"

"그 부분 또한 한정훈 선수가 결정할 일입니다. 저는 말단 직원이라 드릴 말씀이 없습니다. 그럼 이만."

김상엽 팀장이 양손을 들어 올리며 기자들에게 양해를 구했다.

평소 같았다면 기자들이 서운해하지 않도록 더 많은 시간을 할애했겠지만, 다저스 측 기자들에 일본 기자들까지 뒤섞여 있어서 평범한 질문에 대답하는 것조차도 신경이 쓰였다.

덕분에 그 불똥은 다저스 쪽 기자들에게 향했다.

"거 참, 누군지 모르지만 더럽게 구네. 한정훈의 계약 이야기가 왜 나오는 거야?"

"그러게, 한정훈이 다저스 까고 양키즈 왔다는 사실을 벌써 까먹은 건가?"

"그냥 물어볼 수도 있는 거지 왜 이렇게 민감하게 굴어?"

"맞아, 지금이라도 자신 없으면 다저스한테 넘기라고. 선수는 얼추 맞춰줄 테니까."

양키즈 기자들과 다저스 기자들이 당장에라도 멱살을 잡을 것처럼 으르렁거렸다.

때마침 구단 관리인과 경호원들이 나서며 충돌까지 이어지진 않았지만, 한정훈을 주제로 한 장외 설전은 끊이질 않았다.

"양키즈가 제 실력으로 여기까지 온 줄 알아? 한정훈 없었으면 너흰 포스트시즌 올라오지도 못했다고!"

"그 잘난 클레이튼 커셔를 앞세우고도 지난 36년간 우승 한 번 못 해본 다저스가 짖어댈 소린 아닌 거 같은데?"

"야! 너 이 새끼! 다시 한 번 지껄여 봐!"

"어디서 이 새끼, 저 새끼야! 여기가 LA인 줄 알아?"

"두고 봐! 계약이 내년 말에 수단과 방법을 가리지 않고 한정훈을 데려올 테니까!"

"꿈 깨! 양키즈가 고작 다저스 따위에게 한정훈을 빼앗길

거 같아?"

다행히도 기자들로부터 시작된 신경전은 팬들에게까지 이어지진 않았다. 양키즈 홈구장인 양키즈 스타디움에서 5만여 명의 양키즈 팬을 상대로 기자들처럼 겁 없이 나댈 수 있는 다저스 팬은 거의 없다시피 했다.

아니, 감히 시비를 걸 수조차 없을 만큼 양키즈 스타디움은 축제의 분위기에 빠져 있었다.

시리즈 스코어 3 대 1로 앞서가는 상황에서 선발투수가 한정훈이었다.

게다가 클레이튼 커셔는 더 이상 볼 일이 없었다. 중간에 잠깐 나온다 하더라도 경기 결과에 크게 관여를 할 수 있는 입장이 아니었다.

"한정훈이 몇 회까지 던질까?"

"마지막 경기니까 완투했으면 좋겠는데."

"솔직히 그게 마음은 편하지. 한정훈이 끝까지 던져 준다면 다저스가 뽑아낼 수 있는 점수는 한두 점이 전부일 테니까."

"난 경기 초반에 타자들이 석 점 정도 뽑아줬으면 좋겠어."

"나도 그래. 월드 시리즈 2연패의 순간은 좀 마음 편히 지켜보고 싶다고."

"이제 와 하는 말이지만 작년에는 좀 불안했지. 안 그래?"

"7차전까지 갔으니까. 한정훈도 세 경기나 나와야 했잖아."

"집에서 TV를 보는 내내 한정훈이 무너지지 않기를 얼마나 빌었는지 몰라."

"하지만 오늘 경기는 다를 거야. 한정훈도 푹 쉬고 나왔으니까 언제나처럼 무시무시한 공을 던질 거라고."

"그랬으면 좋겠어. 나도 그 모습을 보려고 경기장에 온 거니까."

양키즈 팬들의 기대 속에 한정훈은 천천히 마운드 위에 올랐다. 그리고 1번 타자 제런 멜기스를 상대로 한복판 포심 패스트볼을 던져 넣었다.

퍼엉!

묵직한 포구 소리가 경기장에 울려 퍼졌다.

104mile/h(≒167.3km/h).

한정훈의 컨디션을 대변하는 구속이 전광판에 선명하게 찍혔다.

-한정훈, 초구부터 104마일입니다.

-하하, 정말 괴물 같은 투수입니다. 특별히 힘을 들이지 않은 것 같았는데요. 104마일이 나왔습니다.

-일전에 한 번 말씀드린 적이 있습니다만, 한정훈의 투구 밸런스는 완벽에 가깝습니다. 특별히 어색함도 없고 어긋남

도 없죠. 저 완벽한 밸런스로 무리하지 않고 공을 던질 수 있다는 게 한정훈의 최고 장점입니다.

ㅡ지난번에 한정훈이 마음만 먹으면 더 빠른 공도 던질 수 있다고 하셨는데요.

ㅡ네, 충분히 가능할 것이라고 생각됩니다. 지금처럼 세트 포지션이 아니라 와인드업 포지션에서 시작해 조금 더 역동적으로 공을 던진다면 최소 2마일 이상은 더 나오지 않을까 싶습니다.

ㅡ하지만 한정훈의 포심 패스트볼 최고 구속은 아직 105마일에 머물러 있습니다.

ㅡ하하, 공의 빠르기가 전부는 아니니까요. 누가 뭐래도 한정훈은 리그 최고의 투수입니다. 아울러 최고의 선수죠. 한정훈보다 더 빠른 공을 던지는 투수가 분명 있긴 합니다만 그들은 한정훈이 되지 못했습니다. 좋은 체격 조건에 좋은 어깨, 밸런스, 집중력, 철저한 자기 관리와 성실함, 거기에 위기관리 능력과 타자들의 타이밍을 빼앗는 요령까지 이 모든 장점이 더해져서 한정훈을 메이저리그 최고로 만든 겁니다. 단순히 공만 빨랐다면 한정훈은 마이너리그를 전전했을지도 모릅니다.

ESPM 해설진의 극찬 속에 한정훈은 공 8개로 1회 초를 마쳤다. 삼진 두 개, 땅볼 하나. 시리즈를 제 손으로 마무리 짓겠다는 에이스의 압도적인 투구에 양키즈 스타디움이 벌써 뜨겁게 달아올랐다.

그리고 그 열기는 타자들에게까지 이어졌다.

따악!

투 스트라이크 원 볼 상황에서 1번 타자 브라이언 리의 방망이가 빠르게 돌아갔다. 한복판으로 몰려 들어온 슬라이더를 놓치지 않고 정확하게 받아친 것이다.

선두 타자가 출루하자 조지 지라디 감독은 재빨리 작전을 냈다.

희생 번트.

페이크 번트 앤드 슬러시 작전을 자주 사용한다는 사실이 간파당한 터라 오히려 역으로 밀어붙인 것이다.

딱!

비비 그레고리우스는 초구 포심 패스트볼을 가볍게 3루 쪽으로 돌렸다. 3루수 데븐 크레이크가 재빨리 앞으로 달려와 타구를 잡았을 때는 이미 1루 주자 브라이언 리가 2루에 거의 다 도착한 뒤였다.

"제길!"

데븐 크레이크는 어쩔 수 없다는 듯 1루로 송구해 타자 주자 비비 그레고리우스를 잡아냈다.

경기 초반부터 1사 주자 2루의 득점 기회가 만들어졌다. 그리고 타석으로 3번 타자 요하니스 페데즈가 들어왔다.

-요하니스 페데즈입니다. 올 시즌 성적은 33홈런에 117타점. 타율도 0.288로 좋습니다.

-마에다 켄타, 신중해야 합니다. 그린 버드를 의식해 요하니스 페데즈에게 조급하게 승부를 거는 건 절대 금물입니다.

다저스 중계진은 마에다 켄타가 이 위기를 침착하게 이겨 넘기기를 바랐다.

한정훈의 컨디션이 완벽에 가까운 상황에서 1회 말부터 실점한다는 건 월드 시리즈 우승을 이대로 내주겠다는 소리나 다름없었다.

"후우……."

마에다 켄타도 1회부터 가쁜 숨을 몰아쉬었다.

양키즈 선발이 하리모토 쇼타만 되었더라도 점수를 내주는 것까지 각오하고 공을 던졌겠지만, 한정훈이라면 단 한 점도 허용할 수가 없었다.

포수 오스틴 터너의 초구 사인은 바깥쪽 슬라이더.

바깥쪽 공도 잡아당기는 요하니스 페데즈의 타격 스타일상 땅볼을 유도해 낼 수 있는 공이었다.

마에다 켄타가 천천히 고개를 끄덕거렸다.

오른손 타자의 바깥쪽 코스로 빠져나가는 슬라이더라면 일본에 있을 때부터 수없이 던져 왔으니 자신 있었다.

후앗!

마에다 켄타의 손끝을 빠져나간 공이 곧장 바깥쪽으로 향했다. 하지만 요하니스 페데즈는 제자리에 서서 꿈쩍도 하지 않았다.

마에다 켄타가 2구째 바깥쪽으로 걸쳐 던진 체인지업도 그저 지켜보기만 했다.

덕분에, 다를 때 같았으면 최소 원 스트라이크 원 볼은 되었을 볼 카운트가 투 볼로 변해버렸다.

–요하니스 페데즈. 초구에 이어 2구까지 잘 골라냅니다.

–벤치에서 2구까지는 지켜보라는 작전이 나왔을까요?

–그럴 가능성도 배제할 수는 없습니다. 요하니스 페데즈는 초구와 2구를 즐겨 치니까요.

–어쨌든 볼카운트는 요하니스 페데즈가 절대적으로 유리해졌는데요. 마에다 켄타, 이제는 스트라이크를 던져야 합니다.

–또다시 바깥쪽은 위험할 텐데요. 자신 있게 몸 쪽에 붙여넣을 필요가 있을 것 같습니다.

마에다 켄타가 투수판을 밟자 ESPM 중계진들이 입을 다물었다. 마치 이번 공을 통해 오늘 경기의 승패가 결정 나기라도 하는 것처럼 집중해서 그라운드를 지켜봤다.

후아앗!

2루 주자를 힐끔 바라본 마에다 켄타가 홈 플레이트를 향해 힘껏 공을 내던졌다.

순간, 중계진의 입에서 아, 하는 탄식이 터졌다. 앞선 타석 때 94mile/h(≒151.2㎞/h)밖에 나오지 않았던 포심 패스트볼이 살짝 몰리듯 바깥쪽 스트라이크존으로 날아갔기 때문이다.

그리고 그 공을 요하니스 페데즈가 놓치지 않고 잡아당겼다.

따악!

방망이 중심에 제대로 걸린 타구가 오른쪽 담장을 향해 쭉쭉 뻗어 나갔다.

마에다 켄타는 일찌감치 고개를 떨어뜨렸고 우익수 헨리 에르난데스는 몇 걸음 쫓다가 타구를 포기해 버렸다.

–홈런입니다! 요하니스 페데즈! 월드 시리즈 우승 반지를 직접 손가락에 끼워 넣습니다!

–어마어마한 홈런이 나왔습니다. 정말 대단한 힘입니다!

-양키즈 스타디움에 모인 팬들이 한목소리로 요하니스 페데즈를 연호하는데요!

-제 예상이 틀리지 않는다면 이 홈런이 오늘 경기의 결승타가 될 가능성이 커 보입니다.

팬들의 함성을 즐기며 요하니스 페데즈는 천천히 그라운드를 돌았다. 그 과정에서 유격수 코일 시거와 잠시 실랑이가 있었지만 요하니스 페데즈는 씩 웃으며 3루를 돌아 홈 플레이트를 밟았다.

잠시 후, 전광판의 점수가 2 대 0으로 바뀌었다.

"젠장."

"이렇게 끝나다니."

마지막까지 치열한 접전을 기대했던 다저스 팬들의 입에서 장탄식이 흘러나왔다.

마에다 켄타가 4번 타자 그린 버드와 5번 타자 제이크 햄튼을 범타로 돌려세우고 마운드에서 내려왔지만, 실망 가득한 다저스 팬들의 표정은 달라지지 않았다.

다저스 더그아웃도 마찬가지. 다들 패배를 예감한 듯 침묵에 빠져들었다.

"괜찮아! 아직 끝나지 않았다고!"

보다 못한 클레이튼 커셔가 선수들을 독려했지만 소용없

었다.

오히려 그게 부담으로 작용했는지 4번 타자 코일 시거부터 5번 타자 라몬 곤잘레스, 6번 타자 데븐 크레이크로 이어지는 중심 타순이 전부 삼진으로 물러나고 말았다.

타자들의 부진을 본 마에다 켄타는 또다시 흔들렸다.

선두 타자로 들어온 황철민을 삼진으로 잘 잡아놓고 7번 타자 카일 스위버에게 초구에 2루타를 얻어맞았다.

8번 타자 아담 앤더슨을 또다시 삼진으로 돌려세우며 불을 끄나 싶었는데 9번 타자 로비 레프스나이더에게 사사구를 내준 뒤, 1번 타자 브라이언 리에게 적시타를 얻어맞으며 추가 점수를 내주었다.

"더 이상 실점은 안 돼!"

다저스의 데빈 로버츠 감독은 곧바로 투수 교체를 단행했다.

1.2이닝 3실점으로 부진했던 마에다 켄타를 내리고 이승민을 마운드에 올렸다.

이승민은 2번 타자 비비 그레고리우스를 풀 카운트 접전 끝에 중견수 플라이로 잡아내고 2사 1, 2루의 위기를 잠재웠다.

이후 3회와 4회, 여섯 타자를 연속 범타로 돌려세우며 일방적이었던 경기 분위기를 어느 정도 팽팽하게 만들어 놓았다.

하지만 이승민에 이어 마운드에 오른 알렉스 우든이 4번 타자 그린 버드의 벽을 넘지 못하면서 경기는 양키즈 쪽으로 완전히 기울어 버렸다.

–큽니다! 쭉쭉 뻗어 나갑니다!

–그린 버드! 오늘 경기에 확실한 마침표를 찍어냅니다!

–정말 대단한 홈런입니다. 전광판을 직접 맞췄어요!

–양키즈 스타디움 가장 깊숙한 곳에 떨어지는 4번 타자의 홈런이었습니다. 이 홈런으로 양키즈는 6 대 0으로 앞서가게 됐습니다.

뒤이어 황철민의 싹쓸이 2루타가 터지며 8 대 0까지 점수가 벌어지자 조지 지라디 감독은 한정훈을 빼려 했다.

이 정도 점수 차이라면 양키즈 불펜으로도 충분히 막아낼 수 있다고 여겼다.

그러나 한정훈은 고개를 저었다.

"이번 시즌 마지막 경기입니다. 던질 수 있을 때까지 던지고 싶습니다."

월드 시리즈 마지막 경기에서 고작 6이닝만 던지고 내려갈 생각은 눈곱만큼도 없었다.

7회 초에도 한정훈이 마운드에 올라오자 다저스 응원석에서 야유가 터져 나왔다. 우승 트로피는 양키즈의 손에 넘어간 거나 다름없는데 굳이 한정훈이 나올 이유가 없다는 것이었다.

하지만 한정훈은 아랑곳하지 않고 8회에도, 9회에도 마운드를 지켰다.

그리고 9회 초 마지막 아웃 카운트를 삼진으로 잡아낸 뒤에 당당히 동료들과 승리의 기쁨을 함께했다.

—양키즈! 2024년 월드 시리즈도 가져갑니다!

—2연패를 달성했습니다! 아마 당분간 양키즈의 왕조가 무너질 일은 없을 것 같습니다.

—한정훈! 에이스로서 월드 시리즈 마지막 경기를 홀로 책임졌는데요.

—4회와 5회, 안타를 하나씩 허용해서 작년 월드 시리즈처럼 대기록을 달성하진 못했지만, 이번 월드 시리즈에서 홀로 2승을 거두며 양키즈를 또다시 정상에 올려놓았습니다.

—양키즈 타자들이 골고루 활약해서 월드 시리즈 MVP 선정이 쉽지 않을 것 같은데요.

—개인적으로 저는 한정훈에게 MVP를 주고 싶습니다. 클레이튼 커셔와의 1차전을 한정훈이 잡아주지 못했다면 양키즈가 5차전 만에 다저스를 꺾고 월드 시리즈 정상에 오르지는 못했을 테니까요.

—아, 지금 막 MVP 결과가 나왔는데요. 역시 한정훈이네요.

—하하, 너무나 당연한 결과라서 딱히 할 말이 생각나지 않네요.

ESPM 중계진의 생각과는 달리 이번 월드 시리즈 MVP 투표는 치열했다. 한정훈이 2승을 거두긴 했지만, 작년만큼의 임팩트를 보여주지는 못했기 때문이다.

작년 월드 시리즈 때 한정훈은 홀로 3승을 거두며 팀 우승에 절대적으로 공헌했다.

특히나 7차전 퍼펙트게임은 압권이었다. 그 경기를 본 기자 중 누구도 한정훈 이외의 다른 후보에게 표를 주지 않았다.

하지만 이번 월드 시리즈는 달랐다. 그린 버드와 제이크 햄튼, 요하니스 페데즈와 라몬 에르난데스가 눈에 띄는 활약을 펼치며 한정훈을 압박했다.

그중에서도 4개의 홈런포를 때려낸 그린 버드는 눈이 부셨다. 한정훈만 없었다면 그린 버드가 MVP를 수상하는 데 그 누구도 이견을 제시하지 못할 정도였다.

심지어 그린 버드도 월드 시리즈 MVP에 욕심을 냈다.

이유는 간단했다. 정규 시즌 MVP는 한정훈의 몫일 테니 월드 시리즈 MVP라도 받고 싶다는 이야기였다.

그리고 MVP를 받을 수 있도록 월드 시리즈에서 활약하겠다는 다짐이었다.

그러나 애석하게도 과반수에 조금 못 미치는 기자들이 한정훈을 선택하면서 월드 시리즈 MVP는 올해도 한정훈에게 돌아갔다.

"이 상의 영광은 함께 고생해 준 감독님과 코칭스태프, 동료 선수들, 그리고 구단 임직원들과 함께 나누도록 하겠습니다."

한정훈은 언제나처럼 재미없는 수상 소감을 남겼다. 지난 3년간 계속해서 봐왔던 모습이라 기자들도 한정훈에게 특별한 멘트를 얻어내려 하지 않았다.

대신 한정훈이 충분히 관심을 가질 만한 화젯거리로 질문을 전환했다.

"사이영상 3연패는 기정사실이라는 말이 많습니다. 한정훈 선수의 생각은 어떤가요?"

"투수라면 누구나 사이영상을 원합니다. 저 역시 마찬가지고요. 가능하다면 올 시즌에도 사이영상을 받았으면 좋겠습니다."

"가능성은 어느 정도라고 보세요?"

"글쎄요. 50%?"

"받거나 받지 못하거나?"

"네, 결과는 그때 가 봐야 아는 것이니까요."

"그럼 MVP는 어때요? MVP 2연패, 욕심나지 않나요?"

"솔직히 욕심납니다."

"가장 강력한 경쟁자 중 한 명인 그린 버드 선수는 한정훈 선수가 MVP를 받는 게 옳다고 하던데, 어떻게 생각하나요?"

"그린 버드도 올 시즌 최고의 한 해를 보냈습니다. 저는 그린 버드가 받아도 불만 없습니다."

아메리칸리그 사이영상 수상자는 거의 확정된 것이나 다름없었다. 한정훈과 하리모토 쇼타를 비롯한 2위 그룹의 격차가 상당했기 때문이다.

한정훈은 올해도 리그 최다승과 평균 자책점, 최다 탈삼진, 완투, 최다 이닝 1위에 올랐다.

선발투수가 가져갈 수 있는 모든 상을 3년 연속으로 독식했다. 사이영상 후보로 거론되는 이들 중 타이틀을 차지한 건 세이브 1위를 기록한 라몬 에르난데스뿐이었다.

사정이 이렇다 보니 하리모토 쇼타를 비롯한 경쟁 상대들도 일찌감치 사이영상은 포기했다는 발언을 해왔다.

무엇 하나라도 한정훈에게 앞서는 게 있어야 기대해 볼 텐데 모든 부분에서 뒤처지고 있으니 언감생심 사이영상을 노릴 수도 없는 상황이었다.

반면 아메리칸리그 MVP 투표는 작년에 이어 올해도 각축전을 벌이고 있었다.

투수 부분을 독식한 한정훈이 가장 유력한 후보임에는 분명했지만, 최고의 투수로 사이영상을 수상하는 한정훈에게 2년 연속 MVP를 주는 건 아메리칸리그 타자들에 대한 무례라는 말들이 시즌 막판부터 곳곳에서 흘러나오고 있었다.

"한정훈은 작년에 경쟁자들을 제치고 MVP를 수상했습니다. 그리고 올해 작년보다 더 좋은 성적을 거뒀습니다. 그런데 제가 더 이상 한정훈이 MVP를 받아야 할 이유를 설명해야 하나요?"

"작년에 한 차례 수상했으면 됐지요. 또다시 타자들의 식탁에 접시를 올리는 건 아니라고 생각합니다."

"타자 중에서 가장 유력한 후보는 그린 버드와 제이크 햄튼, 호세 아비노, 마이크 트라웃 정도입니다. 하지만 이들 중 50개 이상의 홈런을 때려낸 타자는 없습니다. 반면 한정훈은 30승을 거뒀습니다. 아메리칸리그 선수 중 한 명에게 MVP를 줘야 하고 그 기준이 성적이라면 당연히 한정훈에게 줘야 합니다."

"한정훈이 아메리칸리그를 대표하는 투수라는 거 인정합니다. 하지만 162경기를 쉬지 않고 출전해 온 타자들과 투수들의 공헌도를 똑같이 본다는 건 잘못됐다고 생각합니다."

"한정훈의 이닝 소화 능력을 보세요. 그를 6이닝이나 겨우 채우는 평범한 선발투수와 똑같이 보지 말란 말입니다."

MVP 논란은 한정훈이 사이영상을 수상한 이후 더욱 거세졌다. 이미 정규 시즌 직후 기자들의 투표가 끝난 상황이었지만 상당수 전문가는 한정훈 이외의 후보가 MVP가 될 경우 MVP의 가치가 심각하게 훼손될 수 있다고 경고했다.

야구팬들의 반응도 별반 다르지 않았다.

ㄴ한정훈에게 사이영상 받은 거로 만족하라는 놈들은 야구를 볼 자격이 없어. 그럴 거면 타자들을 위한 상을 따로 재정하라고.

ㄴ투수들에게 사이영상을 주는 만큼 MVP는 타자들을 조금 더 고려해 줄 필요가 있다는 의견에는 전적으로 공감해. 단 한정훈 같은 선수가 없다면 말이야.

ㄴMVP 후보 타자 중 1, 2위를 다투는 그린 버드와 제이크 햄튼도 한정훈이 MVP가 되어야 한다고 말하고 있어. 그런데 왜 다른 말이 나오는 거야?

ㄴ마이크 트라우스가 MVP가 되어야 한다고 생각하는 에인젤스 놈들 잘 들어라. 너희는 한정훈과 마이크 트라우스를 맞바꾸자면 두말하지 않고 찬성하겠지? 하지만 우리는 반대야. 그린 버드와 제이크 햄튼이 갑자기 은퇴해서 4번 타자 자리가 비어버린다 하더라도 그런 엿 같은 트레이드는 안 한다고. 마이크 트라우스 셋을 가져다줘도 안 해. 그러니까 마이크 트라우스 따위를 한정훈에게 가져다 대는 병신 짓거리

는 그만두는 게 좋을 거야.

여론의 분위기가 심상치 않자 메이저리그 사무국은 물론이고 투표에 참여했던 기자들도 긴장감을 감추지 못했다.

누가 MVP를 받아야 하느냐는 설문 조사마다 한정훈은 압도적인 1위를 달리고 있었다.

심지어 양키즈 후보군의 난립 속에 최고의 수혜자가 될 거라는 평가를 받고 있는 에인젤스 홈페이지에서도 한정훈이 마이크 트라우스를 두 배 가까이 앞지르고 있었다.

이런 상황에서 정말로 한정훈 이외의 다른 누군가가 MVP가 된다면 한바탕 폭풍이 몰아칠 가능성이 컸다.

하지만 다행히도 MVP는 한정훈에게 돌아갔다. 작년에 이어 올해에도 점수가 박빙이었다는 게 옥에 티이긴 했지만 적어도 수상 논란만큼은 피할 수 있게 됐다.

"이미 MVP를 2년 연속 수상했는데요. 불쌍한 타자들을 위해 MVP를 포기할 생각은 없나요?"

수상 직후 한 신입 기자가 한정훈에게 당돌한 질문을 던졌다. 한정훈이 후보군에 포함되는 한 매년 이 같은 진통을 겪을 것 같으니 차라리 한정훈이 빠져 주는 게 어떻겠냐는 것이었다.

그러나 한정훈의 대답은 단호했다.

“전 최고의 선수가 되기 위해 메이저리그에 왔습니다. 그리고 최고의 선수가 되기 위해 노력하고 있습니다. MVP가 최고의 선수에게 주어지는 상이 맞는다면, 저는 이 상을 포기하고 싶지 않습니다. 적어도 한국에서 받았던 것보다 더 받아보는 게 목표입니다.”

한정훈이 4년 연속 한국 리그 MVP에 올랐다는 소식이 전해지면서 아메리칸리그 타자들은 울상을 지었다.

반면 내셔널리그 선수들은 안도의 한숨을 내쉬었다. 한정훈이 내후년에 다저스로 올지도 모른다는 소문 때문에 불안했는데 MVP 연속 수상이 목표라면 리그를 옮기는 도박을 하지는 않을 것 같았다.

140장
WBC(1)

[대한의 건아 한정훈, 메이저리그 완전 정복! MVP 2연패!]

[3년 연속 아메리칸리그 사이영상 수상! 명실공히 메이저리그 최고 투수 등극!]

시즌이 끝나면서 마땅한 기삿거리가 없었던 한국의 스포츠 기자들은 한정훈의 MVP와 사이영상 수상 소식을 기다렸다는 듯이 옮겨 전했다.

아직 한국 시리즈가 진행 중인 상황이라 한국 시리즈 진출팀에 대한 예의가 없다는 비난이 없지 않았지만, 대다수 야구팬은 한정훈의 수상 소식을 제 일처럼 기뻐했다.

ㄴ한정훈은 진짜 인간이 아니다. 한국 리그 학살할 때부터 짐작은 했다만 이렇게 빨리 메이저리그까지 발라 버릴 줄은 진짜 몰랐다.

ㄴ사이영상이야 둘째 치고 MVP 2연패라니. 진짜 대박 아니냐?

ㄴ그거 아메리칸리그에서 8번밖에 없는 기록이라고.

ㄴ한정훈처럼 2년 연속 리그를 씹어 먹었던 선수가 8명이나 된다고?

ㄴ아니, 엄밀히 말해서 한정훈 클래스로 아메리칸리그를 씹어 먹은 선수는 없지. 그건 한정훈이 최초임.

ㄴ내년까지 MVP 타면 메이저리그 최초냐?

ㄴ아니, 베라 본즈가 4년 연속 탐. 내셔널리그에서.

ㄴ베라 본즈 약물 빨고 기록 삭제된 거 아니었어?

ㄴ삭제까지는 아니고 인정 안 해주고 있지. 그렇다고 4년 연속 MVP 수상 기록이 사라지는 건 아니니까.

ㄴ한정훈이 그 기록 넘으려면 앞으로 3년 더 MVP 타야 하는 거냐?

ㄴ쉽지 않을 거다. 솔직히, 메이저리그도 워낙 텃세가 심해서.

ㄴ맞아, 거기 텃세 장난 아니긴 하지. 그래도 내년까지 타고 아메리칸리그 최초 3관왕은 했으면 좋겠다.

메이저리그 역사상 3년 연속 MVP를 수상한 선수는 단 한 명뿐이었다.

자이언츠의 베라 본즈.

2001년, 메이저리그 단일 시즌 최다 홈런 신기록인 73개를 기록하며 그해부터 2004년까지 4년 연속 내셔널리그 MVP에 올랐다.

베라 본즈를 제외하고 메이저리그에서 MVP 3연패를 달성한 선수는 한 명도 없었다.

그렇다 보니 국내 야구팬들은 한정훈이 최소 내년 시즌까지 MVP를 쓸어 담으며 메이저리그 역사에 한정훈이라는 이름 석 자를 또렷이 새겨주길 바랐다.

물론 쉽지 않은 일이었다. 내년에도 올해만큼의 활약을 펼치면서 양키즈를 또다시 지구 우승으로 이끌지 못한다면 기자들은 기다렸다는 듯이 한정훈의 가치를 깎아내리려 들 게 뻔했다.

하지만 국내 야구팬들은 한정훈의 MVP 3연패에 최대 걸림돌은 메이저리그가 아니라 국가 대표 차출이라고 입을 모았다.

ㄴ한정훈 이번 시즌 마무리 잘하고 내년 시즌에도 올해만큼만 던졌으면 좋겠다.

ㄴ그런데 협회가 가만 놔두겠냐? 벌써 선수 없다고 징징거리던데.

ㄴ설마 월드 베이스 볼 클래식?

ㄴ진짜 프리미어 12 때 우승시켜 줬으면 이번에는 한정훈 내버려 둬야 하는 거 아니냐?

ㄴ그래, 프리미어 12 참가한 지가 언제인데 또 국제 대회야.

ㄴ그래도 한정훈 없으면 이번 대회 폭망할걸? 김인선 감독 은퇴한다는 걸 이번 대회까지만 맡아 달라고 사정해서 아마 한정훈 잡아줘야 할 거다.

2025년 3월 초부터 제6회 월드 베이스 볼 클래식이 열린다.

미국이 주관하는 국제 대회로 그 규모만 놓고 보자면 일본이 주관하는 프리미어 12를 능가하는, 명실공히 세계 최고의 국가 야구 대항전이었다.

지난 4회 대회 때부터 메이저리그 올스타급 선수들을 출전시킨 미국은 이번 대회까지 3회 연속 우승을 노리고 있었다.

이에 맞서 일본, 도미니카 공화국, 쿠바, 베네수엘라 등 대부분의 참가국이 자국 국적의 메이저리거들을 차출하려고 혈안이 되어 있었다.

이런 상황에서 한국 대표팀이 한정훈을 포기할 가능성은

턱없이 낮았다.

ㄴ한정훈 WBC 출전하면 MVP, 힘들지 않을까?

ㄴ솔직히 지난 WBC 출전한 선수들 대부분 성적이 안 좋았으니까.

ㄴ다른 선수들이야 적당히 관리받으며 뛸 수 있다지만 국대 사정상 한정훈은 어렵잖아.

ㄴ그러게, 가뜩이나 약혼까지 한 마당에 두 배로 힘들겠네.

ㄴ이 와중에 섹드립이냐.

ㄴ틀린 말은 아니지. 프로 야구 선수들도 결혼하면 그 시즌은 죽 쑤는 경우가 많으니까.

ㄴ그런데 한정훈이 과연 대표팀에 합류할까? 나 같으면 안 할 거 같은데.

ㄴ시즌 직후라면 몰라도 솔직히 시즌 전에 치러지는 WBC는 엄청 부담스러울 거 같은데. 잘못해서 부상당하면 그 시즌 날리는 거잖아.

ㄴ실제로 그런 경우도 많았으니까 한정훈이 몸 사린다 해도 나는 욕 못하겠다.

ㄴ동감, 까놓고 말해서 국대로서 해줄 거 다 해주고 해외 진출한 선수 매번 불러대는 것도 할 짓은 아니지.

국내 여론이 심상치 않자 협회는 긴급회의를 소집했다.

"한정훈을 꼭 잡아주십시오. 한정훈을 못 잡으면 나도 감독 안 할 겁니다."

대표팀 감독 은퇴를 선언했다가 야구계의 요청으로 다시 한 번 지휘봉을 잡게 된 김인선 감독이 단호한 목소리로 말했다.

그가 협회의 요청을 받아들인 가장 큰 이유는 WBC에서 명예 회복을 하기 위해서였다. 그리고 그 명예 회복이라는 게 가능하게 하려면 한정훈을 어떻게든 대표팀에 합류시켜 놓아야 했다.

"한정훈의 필요성을 모르는 건 아닙니다. 하지만 올 시즌까지 MVP를 받았으니 데려오기가 쉽지 않을 것 같습니다."

"양키즈도 협조하지 않을 겁니다. 내년 시즌에 계약이 종료될 가능성이 크니까요. 한정훈이 WBC를 포기하고 시즌에 집중해 주길 바랄 겁니다."

협회 인사들은 하나같이 난색을 표했다. 그들 중 누구도 한정훈을 직접 찾아가 만나 보겠다는 사람이 없었다. 다들 이 핑계 저 핑계 대면서 김인선 감독을 포기시키려 애썼다.

이유는 간단했다.

'한정훈 때문에 지난 프리미어 12 때 나간 돈이 얼마인데…….'

'이번에도 비슷한 요구를 해오면 진짜 협회 거덜 날지도 모른다고.'

지난 프리미어 12 때 한정훈은 경기력 향상을 위해 협회의 지원을 강화해 줄 것을 요청했다.

그중 첫 번째가 전세기 활용이었고 그다음이 숙소 및 훈련장 업그레이드, 마지막이 코칭스태프 확충이었다.

지금껏 대표팀에서 수차례 건의했으나 협회가 외면해 왔던 기본적인 요청 사안들을 한정훈이 한 번에 해결해 버린 것이다.

만약 이번에도 한정훈이 대표팀에 합류할 경우 협회는 최소한 지난 프리미어 12에 준하는 대회 준비를 할 수밖에 없었다.

뿐인가. 한정훈이 추가 요구 사항을 덧붙일 때마다 그만큼 지출이 늘어나게 될 터였다.

하지만 은퇴까지 연기하고 명예 회복을 위해 지휘봉을 잡은 김인선 감독은 이대로 물러설 생각이 없었다.

"잘 알겠습니다. 협회 뜻이 그렇다면 어쩔 수 없죠."

"역시 감독님이십니다."

"저희는 김 감독님만 믿고 있겠습니다."

김인선 감독은 무의미한 회의를 끝내 버렸다. 그리고 친한 기자를 들어 대표팀 감독을 사퇴할 생각이라며 넌지시 말을 흘렸다.

당연하게도 그날 저녁 스포츠 란은 김인선 감독의 사퇴 소식으로 도배가 됐다.

[김인선 대표팀 감독, WBC 맡지 않을 수도 있다!]

[협회와 회의 이후 김인선 감독 감독직 재고, 대체 무슨 일이?]

협회는 다급히 해명에 들어갔다. 회의 분위기는 좋았으며 김인선 감독의 요구 조건을 최대한 수용하려 했다며 항변했다.

그러나 김인선 감독이 또다시 회의 내용을 흘리면서 여론은 급격히 악화되었다.

ㄴ협회 새끼들이 김인선 감독에게 한정훈 없이 우승해 달라고 요구했다는 게 사실이냐?

ㄴ와, 이 미친 새끼들. 진짜 뭘 잘못 처먹었나. 무슨 국대 수준을 메이저리그 올스타 수준으로 착각하는 거 아니냐?

ㄴ근데 솔직히 한정훈 말고 투수가 없는 것도 아니잖아. 이승민도 있고.

ㄴ우리나라 타고투저 된 지가 언제인데 개소리야? 그리고 올 시즌 이승민 평균 자책점은 보고 하는 소리냐? 3.95다 거의 4점대라고. 그것도 다저스 불펜에서 잘 막아줬으니 그 모

양이지 불펜 약한 팀 갔으면 5점 넘어갔을 거다.

ㄴ솔까 이승민 정도면 나쁜 건 아니지. 그런데 이승민 말고 또 누가 있는데? 마이너리그 전전하는 강승현? 아니면 이제 겨우 폼 돌아오고 있는 성진우? 한정훈 말고 투수가 어디 있는데?

ㄴ이게 다 협회 병신 새끼들 때문에 생긴 일이라고. 투수들을 꾸준히 키웠어야지. 김강현부터 시작해 윤성민, 양현중까지 줄줄이 은퇴하니까 한 명도 없잖아!

ㄴ진짜 협회 새끼들 매번 본인들 입맛에 맞는 선수들만 골라 써놓고 알아서 우승하라니. 이게 할 소리냐?

ㄴ이번에는 그냥 넘어가지 말자. 진짜 협회 박살 내야 해!

ㄴ날짜만 잡아라. 내가 가게를 접고서라도 참석할 테니까.

상황이 이렇게 되자 결국 협회 인사들은 조일승 총재를 찾아갔다. 지난 프리미어 12 때 조일승 총재가 나서서 여론을 잠재웠던 만큼 이번에도 협회를 도와주길 바랐다.

하지만 조일승 총재도 아무 조건 없이 협회의 뒤치다꺼리를 해줄 마음은 없었다.

"매번 이런 식이면 곤란합니다."

"면목 없습니다."

"이렇게 하죠. 차장 자리 비워주십시오."

"초, 총재님!"

"그게 싫으면 총장께서 물러나시든지요."

"크윽……."

결국, 조일승 총재는 자신의 측근을 사무처장 자리에 앉히는 조건으로 뉴욕행을 결정했다. 그리고 이틀 만에 한정훈으로부터 WBC에 참가하겠다는 확답을 받아냈다.

이후 양키즈 구단을 방문한 조일승 총재는 한정훈을 혹사시키지 않겠다는 조건으로 WBC 참가 승낙을 받아냈다.

이 모든 일 처리가 끝나기까지 걸린 시간은 고작 사흘에 불과했다.

ㄴ역시 조일승 총재!

ㄴ진짜 이번 총재는 역대급인 듯.

ㄴ난 조일승 총재 총선 나가면 뽑아줄 생각 있다.

ㄴ진짜 저 정도로 추진력 있는 사람이면 국회 가서도 일 잘할 듯.

야구팬들은 한목소리로 조일승 총재를 찬양했다. 그러면서 조일승 총재가 사흘 만에 해결한 일을 못 하겠다고 버텼던 협회 인사들을 잘근잘근 씹어댔다.

"젠장, 한정훈을 합류시켜도 이 지랄들이니!"

"이렇게 된 거 대표팀 선발을 서두르는 게 어떻겠습니까? 예비 명단이라도 발표한다면 좀 잦아들 것 같은데요."

"그래, 그게 좋겠어!"

협회는 부랴부랴 김인선 감독과 선수 선발 위원회에 예비 엔트리를 선발해 달라고 부탁했다.

그로부터 사흘 뒤. 한정훈을 필두로 한 60명의 WBC 1차 예비 엔트리가 발표됐다.

한국 대표팀이 한정훈을 불러들였다는 소식이 WBC 참가국들에게도 전해졌다.

"양키즈는 대체 무슨 생각이야? 한정훈을 내보내면 어쩌자는 거야?"

"그러게 말입니다. 정말 어느 나라 구단인지 모르겠습니다."

미국 대표팀은 양키즈를 노골적으로 비난했다. 이번 대회까지 우승해 미국 야구가 세계 최고라는 걸 입증할 생각이었는데 생각지도 않은 암초에 걸린 기분이었다.

"결승전에서 한정훈을 만날 가능성은 얼마나 되는 거야?"

"높진 않습니다. 한국 대표팀 전력상 4강에 올라올지도 확실치가 않으니까요."

"그럼 한정훈이 4강전에 등판할지도 모른다는 소리야?"

"가능하면 그렇게 되도록 판을 짜보겠습니다."

총 16개국이 참여하는 월드 베이스 볼 클래식은 1라운드와 2라운드, 결선 라운드로 이루어진다.

1라운드는 16개국이 4개의 그룹으로 나뉘어 풀리그로 진행된다. 팀당 총 3경기씩 치르며 상위 2팀이 2라운드에 진출할 자격을 갖는다.

2라운드에 올라온 8개국은 다시 2개의 그룹으로 나뉘어 더블 엘리미네이션 방식으로 경기를 진행하는데, 이때 최종 상위 2팀이 결선 라운드에 올라 우승을 다투게 된다.

올여름에 발표된 조 편성 결과 한국은 중국, 쿠바, 네덜란드와 함께 B조에 편성됐다.

한정훈이 출전하지 않는다고 가정했을 때 전문가들은 쿠바가 1위, 한국이 2위를 차지할 것이라고 내다봤다.

한국 대표팀의 전력이 예년만 못하다 해도 중국이나 네덜란드보다는 경험상 유리할 것이라고 판단한 것이다.

하지만 한정훈이 출전한 이상 예상 또한 달라질 수밖에 없었다.

"이렇게 되면 한국이 1라운드 1위로 올라올 테고 쿠바가 2위로 올라오겠군."

미국 대표팀 전력 분석 팀장 고든이 미간을 찌푸렸다. 그러자 아담이 수긍하듯 고개를 끄덕거렸다.

"쿠바 전력이 만만치 않다지만 상대 투수가 한정훈이라면 힘들겠죠."

"A조는 어때?"

"A조는 역시나 일본이 올라올 가능성이 큽니다. 나머지 한 자리를 놓고 대만과 호주가 경쟁하겠죠."

A조에는 일본을 비롯해 대만, 호주, 브라질이 편성되어 있었다. 이 중 2위로 2라운드에 진출한 팀이 한국과 첫 경기를 치르게 되어 있었다.

더블 엘리미네이션 방식에 따르면 A조 1위와 B조 2위, 그리고 A조 2위와 B조 1위가 서로 경기를 가진 뒤 승리한 팀들과 패배한 팀들끼리 따로 두 번째 경기를 치른다.

승자전에서 승리한 팀은 본선 진출이 확정되며 승자전에서 패배한 팀과 패자전에서 승리한 팀이 나머지 본선 진출권을 놓고 다투며 여기서 승리한 나라는 다시 앞서 본선 진출을 확정 지은 승자전 승리 팀과 최종 순위 결정전을 치르게 된다.

"한국이 2위로 올라오면 우리와 준결승전에서 만나게 될 가능성이 큽니다. 2라운드에서 탈락을 시키는 게 어렵다면 아예 1위로 올라오도록 만들어야 합니다."

가장 유력한 시나리오대로 한국이 A조 1위, 쿠바가 A조 2위로 2라운드에 진출하고 일본이 B조 1위, 대만이 B조 2위로 올라올 경우 한국은 대만과 첫 경기를 치른다.

미국 대표팀의 시뮬레이션 결과 한정훈이 선발 등판할 경우 한국 대표팀이 이길 확률은 98%에 달했다.

하지만 먼저 2승을 거두면 안전하게 결선 무대에 오를 수 있는 만큼 한국 대표팀이 첫 경기에 한정훈을 투입할 가능성은 작았다.

한정훈이 선발 등판하지 않았을 경우 한국이 대만을 이길 가능성은 62%.

이 정도면 한국이 승자전에 진출한다고 봐야 했다.

반면 일본과 쿠바의 맞대결에서는 일본이 52%로 근소하게 우소한 것으로 나타났다.

"일본과 쿠바는 누가 올라올지 모른다는 소리로군."

"양 팀 선발투수가 누가 되느냐에 따라 달라질 것 같습니다."

"하지만 누가 올라오더라도 한정훈이 승자전에 출전하면 의미가 없을 텐데."

고든이 아담을 바라봤다. 그러자 아담이 기다렸다는 듯이 수치를 읊어댔다.

"한정훈 등판 시 한국 대표팀의 일본 상대 승률은 93%, 쿠바를 상대로는 92%입니다."

"오히려 쿠바가 1% 높은 건 타선 때문인가?"

"네, 확실히 타선의 중량감은 일본보다 쿠바 쪽이 앞서니까요."

"그런데도 고작 승률은 1%밖에 차이가 나지 않는군."

"한정훈을 상대로 1%의 가능성을 높이는 것 자체가 대단한 일이죠."

"어쨌든 이렇게 되면 한국의 결선 라운드 진출은……."

"네, 막지 못할 겁니다."

아담이 단호한 목소리로 말했다. 이제 와 조 편성을 다시 한다면 모르겠지만 현재의 경기 방식으로는 한정훈이 결선 라운드에 올라올 가능성이 컸다.

문제는 순위 결정전이었다. 한국이 2승을 거두고 먼저 결선 라운드 진출을 확정 짓는다 하더라도 조 1위가 되는 것은 아니었다. 최종전까지 거치고 올라온 팀과 마지막으로 순위 결정전을 치러야 했다.

"승자전과 순위 결정전은 며칠 간격이지?"

"승자전이 8일 토요일이고 순위 결정전이 11일 화요일입니다. 제아무리 한정훈이라 하더라도 승자전에서 50구 이상은 던질 테니 순위 결정전 등판이 불가능합니다."

월드 베이스 볼 클래식은 선수 보호를 위해 투구 수와 휴식일이 제한되어 있었다.

1라운드에서는 어떤 투수든 65구를 넘길 수 없었다. 2라운드의 제한 투구는 80구. 결선 라운드에서도 95구 이상 투구는 금지됐다.

또한, 50구 이상 던진 투수는 무조건 4일을 쉬어야 했다. 30구 이상을 던져도 다음 날 등판이 불가능하고 30구 미만으로 연투할 경우에도 하루는 꼭 쉬어야 했다.

이 같은 규정상 승자전에 등판할 가능성이 큰 한정훈이 순위 결정전에 다시 올라올 방법은 없었다. 투구 수와 휴식일 모두 걸렸다.

그렇다고 한정훈의 순위 결정전 등판을 위해 제한을 완화시키거나 해지할 수는 없는 노릇이었다.

"방법이 없을까?"

"일정을 조금 변경한다면 가능합니다."

"어떻게?"

"일단 8일에 승자전, 9일에 패자전을 갖고 10일 하루 휴식일을 둬야 합니다."

"이유는?"

"패자전을 통해 올라온 팀을 배려하기 위해서죠. 일정대로 맞붙는다면 패자전에 맞붙는 팀들은 최종 진출 결정전을 신경 쓰느라 투수들을 제대로 활용할 수 없습니다."

"흠…… 하지만 그렇게 되면 승자조로 올라간 팀은 아무런 이득이 없잖아?"

"첫 경기에서 이기고 승자전에서 패배한 팀이나 첫 경기에서 지고 패자전에서 승리한 팀 모두 1승 1패입니다. 하루 더 휴식을 취했으니 그 정도로 충분하다고 생각합니다."

"좋아, 그렇게 하루를 벌었다면 그다음은?"

"마찬가지로 최종 진출 결정전 이후 하루를 더 쉬면 됩니다."

"이유는 이번에도 같은 건가?"

"네, 최종 진출 결정전에서 맞붙을 두 팀이 서로 최선을 다할 수 있는 환경을 만들어주는 거죠."

"대신 승자전에서 이긴 팀은 나흘 휴식 후 승자전의 투수를 다시 한 번 올릴 수 있으니 손해 볼 건 없겠군."

"어차피 2라운드부터는 1, 2선발 중심으로 경기를 운용해야 합니다. 3선발 이후는 큰 의미가 없죠."

"좋아, 그렇게 한 번 추진해 보자고."

미국 대표팀의 전략을 전달받은 주최 측은 며칠 후 대회 일정을 조정하겠다는 뜻을 밝혔다. 무엇보다 공정한 경기 진행을 위해 2라운드의 일정을 이틀 늘리겠다고 발표했다.

"갑작스럽긴 하지만 나쁘지 않은 생각입니다."

"솔직히 2라운드는 경기 방식상 어느 정도 휴식일이 필요해 보였습니다. 첫 경기 승자에게 절대적으로 유리한 경기 방식이거든요."

"한국 대표팀 입장에서도 나쁠 건 없어 보입니다. 최악의 경우 최종 진출 결정전까지 밀리더라도 투수 운용에 숨통이 트일 겁니다."

“누가 승자전을 통해 결선 티켓을 선점할지 알 수가 없는 상황입니다. 그러니 특정 국가를 위해 일정을 조정했다고 단정 짓기는 어려울 것 같습니다.”

한국의 야구 전문가들은 일정 변경을 긍정적으로 보았다. 대표팀의 반응도 나쁘지 않았다.

“이거 미국이 우리를 돕는 듯한 느낌인데요?”

“순위 결정전 이후 다시 나흘을 쉬고 준결승전이 벌어집니다. 준결승전 한정훈 투입은 큰 문제가 없을 것 같습니다.”

“하지만 그렇게 되면 결승전에 올리지 못하는데요.”

“그건…… 어쩔 수 없다고 생각합니다. 준결승전을 이기지 못하면 결승도 없으니까요.”

변경된 일정을 잘만 활용한다면 중요한 경기 때마다 한정훈을 등판시킬 수 있었다. 그리고 한정훈이 실력 발휘만 해준다면 당초 목표였던 결승 진출까지는 어렵지 않게 달성할 수 있을 것 같았다.

그러나 김인선 감독은 준우승으로 만족하고 싶지 않았다.

“조금 더 궁리해 보자고. 정훈이를 활용할 수 있는 방법을 말이야.”

김인선 감독은 일단 머릿속에 든 생각을 아껴두었다. 아직 대회가 시작되지도 않았는데 벌써 한정훈을 혹사시킬 생각이나 한다며 사서 비난을 받을 필요는 없었다.

다행히도 양키즈 구단은 한정훈에 대해 특별히 많은 제약을 걸지 않았다.

1라운드 1경기, 2라운드 2경기 출전 제한. 다시 말해 한정훈을 선발로만 쓰라는 소리였다.

게다가 결선 라운드는 별다른 조건이 없었다. 한국 대표팀이 결선까지 올라가면 한정훈에 대한 의존도가 커질 수밖에 없다는 걸 이해해 준 것이다.

물론 그 이면에는 WBC가 자체적으로 마련한 투구 수 제한이라는 안전장치가 있었다.

한국 대표팀에서 한정훈을 혹사시키고 싶더라도 결선 무대에서 던질 수 있는 공은 95구가 한계였다. 그 이후부터는 온전히 한국 대표팀의 몫이었다.

141장

WBC(2)

WBC 합류를 확정 지은 한정훈은 평소보다 일찍 몸을 만들기 시작했다. WBC 이후 162경기라는 장기 레이스에서 버티려면 그만큼 체력 관리를 철저히 할 수밖에 없었다.

"네가 훈련한다는 데 내가 놀 수는 없지."

하리모토 쇼타도 예정된 일정을 재조정한 뒤에 한정훈과 함께 훈련에 들어갔다.

그 옆으로 테너 제이슨과 황철민도 합류했다. 한정훈과 함께하면서 실력이 부쩍 늘어난 하리모토 쇼타를 보고 자발적으로 짐을 싸 들고 찾아온 것이다.

이승민도 은연중에 동참하고 싶다는 뜻을 전했지만, 한정훈은 고개를 저었다.

"소문나면 다저스 팬들이 가만 안 있을걸?"

"아무래도 그렇겠지?"

"그래, 그냥 대표님께 말씀드려서 스톰즈 구단하고 함께 움직여. 그게 좋을 거 같아."

이승민은 한정훈의 조언대로 스톰즈 구단에 도움을 청했다. 스톰즈 구단도 옛 에이스인 이승민의 합류를 두 팔 벌려 환영했다.

그렇게 두 달여간의 합동 훈련이 끝나고 네 사람은 WBC 합류를 위해 각자의 길을 갔다.

"결승에서 너랑 만나면 좋겠지만 아무래도 힘들겠지?"

"2라운드에서는 만나겠지."

"하아…… 이번에는 나도 좀 이겨보자."

"짜식, 걱정하지 말고 프리미어 12 결승 때처럼만 던져."

하리모토 쇼타는 후쿠오카로 향했다. 1라운드 A조 경기가 후쿠오카 돔에서 열리는 터라 아예 그 근처에서 대표팀 소집이 이루어진 것이다.

"철민, 대회에서 날 만나게 되면 삼진으로 잡아주겠어."

"하하, 그러다 홈런이나 얻어맞지 말라고."

"그리고 정훈, 너는 제발 부탁이니까 미국전에는 나오지 마. 알았지?"

미국 대표팀에 어렵사리 합류한 테너 제이슨은 한정훈에

게 신신당부했다.

워낙에 쟁쟁한 선수가 많다 보니 선발이 아닌 롱 릴리프 자원으로 뽑혔지만, 미국의 WBC 3연패에 공헌하고 싶다는 욕심만큼은 그 누구보다 컸다.

하지만 국가 대항전에서 한정훈은 철저하게 대한민국의 에이스였다. 국적이 다른 테너 제이슨의 사정을 봐줄 리 없었다.

"형, 우리도 가자."

"그래."

한정훈과 황철민은 같은 비행기를 타고 한국으로 날아갔다. 한국이 속한 B조 경기는 고척 돔 구장에서 진행되었다.

고척 돔 구장에서는 대표팀 연습이 한창이었다. 대표팀 대선배인 메이저리거 박병훈을 비롯해 강준호, 김현우 등 내로라하는 선배들은 이틀 전부터 대표팀에 합류해 담금질을 시작하고 있었다.

"철민이, 이 자식. 왜 이렇게 늦었어?"

"아, 그게…… 정훈이하고 같이 훈련하느라……."

"정훈이만 보이고 형은 안 보인다, 이거지?"

"그, 그럴 리가요. 형, 제가 형을 얼마나 존경하는데요."

"그런 의미에서 소갈비 내기 한판 어떠냐?"

"홈런으로요?"

"그래, 대신 넌 핸디캡 좀 받고."

"어떻게요?"

"너랑 나랑 12살 차이니까 내가 12개 받고 시작하는 거로 하자."

"에이, 형. 그건 너무하잖아요."

"싫으면 오랜만에 볼 좀 주워볼래?"

"아, 아닙니다. 하겠습니다."

강준호는 일부러 황철민을 데리고 홈런 대결을 펼쳤다. 황철민이 예정보다 늦어진다는 이유만으로 좋지 않게 여기던 국내 선수들에게 황철민의 가치를 보여주기 위해서였다.

30구 대결의 홈런 더비였다. 강준호가 나이를 앞세워 12개를 얻어냈으니 황철민이 절대적으로 불리한 경기였다.

강준호는 황철민이 20여 개 정도 때려서 선수들의 불만을 잠재운 뒤에 시원하게 소고기를 쏘길 바랐다.

하지만 황철민은 강준호가 생각한 것 이상으로 이를 악물고 덤벼들었다.

'이 많은 사람한테 소갈비를 쏘려면 그게 다 얼마야?'

황철민은 초구부터 시원하게 방망이를 휘둘렀다. 155km/h에 달하는 강속구가 날아들었지만, 메이저리그에서 적응을 끝마친 황철민의 스윙에는 조금도 망설임이 없었다.

따악!

묵직한 소리와 함께 타구가 순식간에 담장 밖으로 사라졌다.

"짜식, 제법인데?"

강준호가 피식 웃었다. 하지만 그 웃음은 황철민이 10구 연속 홈런포를 때려내는 순간 깨끗이 사라져 버렸다.

"아무래도 준호가 쏴야 할 것 같은데?"

한쪽에서 둘의 대결을 지켜보던 박병훈이 짓궂게 웃었다. 아직 강준호의 컨디션은 100% 올라오지 않은 상태였다. 30구 중에 10개도 넘기지 못할 가능성이 컸다.

반면 황철민은 완벽에 가깝게 공을 받아치고 있었다. 한정훈과 함께 실전 감각을 끌어올리겠다고 호언장담을 했던 게 헛소리는 아닌 모양이었다.

"그래도 준호 형이 이기겠죠. 12개나 앞서가잖아요."

옆에 서 있던 한정훈이 가볍게 말을 받았다.

솔직히 둘 중 누가 이기든 크게 중요한 건 아니지만 대표팀에 늦게 합류한 책임을 황철민에게만 떠넘길 생각은 없었다.

"그럼 내기할래?"

"좋죠, 어떻게 할까요?"

"철민이가 이기면 네가 준호 대신 고기 사라."

"대신 사는 건 좀 그렇고…… 한 번 더 사는 건 어때요?"

"그게 좋겠네."

“반대로 준호 형이 이기면 형이 고기 사세요.”

“오케이, 콜.”

황철민은 20구까지 17개의 홈런을 때려내며 강준호의 기를 꺾어놓았다.

궁지에 몰린 강준호가 마지막 10구는 구속을 높이자고 제안했지만, 황철민이 그중 3개를 또다시 담장 밖으로 넘겨 버리며 정확하게 20개의 홈런을 채워냈다.

“준호 형! 힘내요!”

“9개만 때려요! 그럼 이길 수 있어요!”

대표팀 후배들은 한목소리로 강준호를 응원했다.

황철민이 대표팀을 이끌 4번 타자감이라는 걸 모르지는 않지만 그렇다고 제2의 한정훈이 되도록 내버려 둘 생각은 없었다.

하지만 애석하게도 강준호는 대표팀 후배들의 기대에 부응하지 못했다.

처음 20구 때 때려낸 홈런은 6개에 그쳤다. 구속을 높인 마지막 10구에서는 단 하나의 타구도 담장 밖으로 넘기지 못했다.

최종 스코어 20 대 18.

힘 하면 박병훈도 인정한다던 강준호가 12개의 덤을 받고도 황철민에게 패배하고 말았다.

"짜식, 훈련 열심히 했나 본데?"

"저 진짜 죽는 줄 알았다니까요."

"그건 그렇고 꼭 그렇게 이겨야 했냐? 그깟 고기 값 얼마나 나온다고."

"에이, 형. 돈은 형이 저보다 더 많이 버시잖아요. 그리고 저도 장가는 가야죠."

황철민의 너스레에 강준호가 쓴웃음을 지었다. 그러다 박병훈과 한정훈의 내기 소식을 듣고는 보란 듯이 입가를 찢어 올렸다.

"다들 들었지? 소고기는 정훈이한테 얻어먹고 우리 삼겹살 먹자."

강준호가 대놓고 선수들을 선동했다. 그래도 대표팀에서 한솥밥 먹은 정이 있으니 다들 마지못해 자신의 의견에 동조해 줄 것이라 기대했다.

하지만 소고기 앞에서는 의리도 정도 없었다.

"에이, 형. 그런 게 어디 있어요?"

"선배님, 약속은 약속이죠."

"제가 잘 아는 비싸고 맛있는 소고깃집 있습니다. 지금 예약할까요?"

선수들의 아우성에 강준호는 어쩔 수 없이 카드를 꺼내 들어야 했다.

그리고 다음 날 한정훈도 거하게 식사 자리를 마련했다.

덕분에 잠시 싸늘했던 대표팀의 분위기는 금세 화기애애하게 변했다.

그깟 고기 때문이 아니라 국내파와 해외파가 한데 어우러져 허물없이 식사를 함께한 게 팀워크를 다지는 데 큰 도움이 됐다.

"좋아, 이런 분위기라면 할 만하겠어."

김인선 감독도 만족스러운 얼굴로 고개를 끄덕거렸다.

불러들일 수 있는 모든 해외파를 전부 불러들인 탓에 선수들 사이에 보이지 않는 벽 같은 게 놓여 있었는데 다행히 잘 봉합된 것 같았다.

"그런데 선발은 어떻게 하시겠습니까?"

이선철 수석 코치가 조심스럽게 물었다. 대회가 일주일 앞으로 다가온 만큼 1라운드 3경기에 대한 선발을 정해놓을 필요가 있었다.

한국 대표팀의 첫 상대는 중국이었다. 그리고 이틀 뒤 쿠바와의 일전이 잡혀 있으며 마지막 날 네덜란드와 맞붙도록 되어 있었다.

"쿠바전은 예정대로 한정훈으로 가자고."

김인선 감독이 나직이 입을 열었다. 우승 후보 중 하나로 꼽히는 쿠바를 상대로 한국 대표팀에게 확실한 승리를 안겨 줄 수 있는 투수는 한정훈 한 명뿐이었다.

이선철 코치도 한정훈을 쿠바전에 등판시키는 점에 대해서는 눈곱만큼의 이견도 없었다.

문제는 중국전에 내보낼 투수였다.

"중국전은 어떻게 할까요? 승민이가 좋아 보입니다만 그렇게 될 경우 2라운드 첫 경기까지 내보내야 합니다."

"2라운드 첫 경기라……."

"대만이 올라오면 좋겠지만 최악의 경우, 일본도 염두에 두어야 합니다."

대회 일정상 1라운드 경기는 나흘에 걸쳐 진행된다.

이후 이틀의 이동일 동안 일본 도쿄로 날아간 뒤 2라운드 첫 경기를 치러야 했다.

중국전에서 2라운드 첫 경기까지는 5일 간격.

쿠바전에 등판 예정인 한정훈은 대회 규정상(50구 이상 투구 시 4일 휴식) 2라운드 첫 경기에 등판이 불가능했다.

"대만이라면 진우나 승현이가 괜찮지 않을까?"

"대만의 좌타자들을 상대하려면 아무래도 좌투수가 나을 것 같습니다."

“승민이 메이저리그 성적은 어때? 좌타자 상대로 좀 좋아졌나?”

“국내에 있을 때보다 더 나빠졌습니다. 피안타율이 3할 5푼에 달합니다.”

“흠…….”

이승민은 국내에 있을 때도 좌타자들을 상대로 강한 면모를 보여주지 못했다.

마무리투수로 활약할 때야 강속구를 앞세워 이겨냈지만 선발로 전향한 이후로는 좌타자 상대 피안타율이 3할 근처까지 치솟은 상태였다.

그런데 메이저리그에 가서 좌타자들을 상대하는 게 더 나빠졌다고 하니 마음 놓고 대만전에 올리기가 어려웠다.

“그럼 진우로 가지. 승현이는 경기 감각이 좀 떨어져 있을 테니까.”

“알겠습니다. 그럼 진우는 네덜란드전으로 돌리겠습니다.”

“그래, 그렇게 하자고.”

이선철 코치는 곧장 해당 선수들에게 선발 일정을 통보했다.

한정훈의 쿠바전 등판은 모두가 예상한 바였다. 전문가들은 물론이고 언론에서조차 못을 박아놓은 상황이라 달라질 가능성은 애당초 존재하지 않았다.

하지만 중국전 선발이 이승민이 아니라 성진우라는 사실

은 의외였다.

"제가…… 중국전에요?"

심지어 당사자인 성진우조차 당혹스럽다는 반응이었다.

만약 프리미어 12 때 한정훈의 조언을 듣지 않고 해외 진출을 강행했다면, 그래서 박세운처럼 굴욕적인 제안을 받고 휘청거렸다면 중국전 선발은 이승민이 됐을 가능성이 컸다.

실제로 좌타자 상대 피안타율을 떠나 현역 메이저리거이자 다저스의 4, 5선발을 오가는 이승민보다 나은 대안은 찾아보기 어려웠다.

그러나 일찌감치 국내 잔류를 선언하고 어깨 치료도 받으면서 성진우는 예전의 구위를 되찾았다. 최고 구속도 155㎞/h까지 나왔다. 덕분에 올 시즌 17승을 거두며 스타즈 소속 선수 최초로 개인 타이틀까지 차지했다. (다승, 탈삼진) 그 결과가 대표팀 재승선과 코칭스태프들의 신뢰로 이어진 것이다.

"부담 가질 것 없어. 올 시즌에 보여줬던 것만큼만 보여주면 된다. 2라운드에서 대만을 만나게 될지 일본을 만나게 될지 모르겠지만 네 공만 던져 준다면 별문제 없을 거다."

이선철 코치가 성진우의 어깨를 두드렸다.

"네, 코치님."

성진우도 단단히 고개를 끄덕였다.

반면, 기대했던 중국전 등판이 무산된 이승민은 아쉬움을 감추지 못했다.

한정훈을 넘어서겠다는 생각은 일찌감치 포기했지만, 메이저리그에 진출한 이후에도 국내에 잔류했던 라이벌 성진우에게 밀렸으니 착잡함이 밀려들었다.

하지만 한정훈은 그럴 필요 없다고 잘라 말했다.

"2라운드 첫 경기는 진우 형이 나가겠지만 결선 라운드는 모르는 거야."

"그렇겠지?"

"당연하지. 그러니까 쓸데없는 생각 말고 열심히 준비해. 어쩌면 형이 결승전에 나가게 될지도 모르니까."

한국 대표팀이 순서대로 올라가다 보면 결승전에서 미국이나 도미니카 공화국, 베네수엘라 같은 힘 있는 나라와 붙게 될 가능성이 컸다.

이들 나라에 포진된 메이저리그 타자들을 상대하는 건 아무래도 경험이 있는 이승민이 더 나았다.

올 시즌 부활한 성진우의 공도 이승민 못지않지만 아무래도 메이저리그를 직접 경험한 이승민에게 더 가산점을 줄 수밖에 없었다.

"……!"

결승전이라는 한마디에 이승민은 눈을 번쩍 떴다.

만약 정말로 자신이 WBC 결승전에 선발 등판할 수만 있다면……!

생각만으로도 머릿속이 아찔해지는 기분이었다.

하지만 마무리투수를 경험하며 정신력을 단련한 덕분일까. 결승전 무대를 피하고 싶다는 생각은 들지 않았다.

"그래, 아직 안 끝났어!"

이승민이 주먹을 힘껏 움켜쥐었다. 그런 이승민을 바라보며 한정훈이 안도하듯 고개를 끄덕였다.

142장

WBC(3)

일주일 후, 고척 돔에서 한국과 중국 간의 B조 첫 경기가 열렸다.

"한정훈이 아니라 성진우잖아?"

"이거 잘하면 대어를 낚겠는걸?"

"좋아, 좋아! 오늘 한국을 잡아보자고!"

중국 대표팀은 한국의 선발투수가 성진우라는 사실에 가슴을 쓸어내렸다.

혹시라도 한정훈이나 이승민이 나오면 어쩌나 걱정했는데 메이저리그에도 가지 못한 성진우라면 한번 해볼 만하다고 여겼다.

하지만 그 희망이 절망으로 바뀌는 데까지는 그리 오랜 시간이 걸리지 않았다.

이번 WBC를 맞이하여 중국 대표팀도 해외 리그에서 뛰고 있는 선수들을 대거 불러들였다.

마이너리그 소속이 14명, 대만 리그 소속이 3명, 일본 독립 리그 소속이 7명. 28명의 엔트리 가운데 무려 24명을 해외파로 짜 넣었다.

중국 언론들은 실력 있는 선수들을 우선 선발한 것까지는 좋지만 해외 리그 선수들에 대한 의존도가 지나치다며 우려의 목소리를 냈다. 그러나 정작 중국 송평산 감독은 대표팀의 조직력은 아무 문제가 없으며 1라운드에서 2위 이상을 확보해 2라운드에 진출하겠다며 의지를 다졌다.

한국과 쿠바, 중국, 네덜란드가 풀 리그로 맞붙는 1라운드에서 중국이 2위로 진출하기 위해서는 네덜란드를 잡고 한국과 쿠바, 둘 중 한 나라를 꺾어야 했다.

그러나 송평산 감독은 못 할 것 없다는 반응이었다. 한국이든 쿠바든 빈틈을 파고든다면 중국 대표팀 전력으로도 충분히 해볼 만하다고 여겼다.

그런 송평산 감독의 자신감은 출전 선수 명단을 통해 드러났다.

파이어리츠 더블 A에서 뛰고 있는 1번 타자 레이 첸, 애스트로스 트리플 A 소속 2번 타자 칭하오, 그리고 다저스 더블

A 소속 3번 타자 왕진차오와 4번 타자 추푸지엔.

중국 언론에서 제2의 추신우가 될 재목이라고 추켜세우는 이들을 전진배치 하며 중국 야구가 만만치 않다는 걸 전 세계에 보여줄 생각이었다.

하지만 정작 경기는 성진우의 화려한 원맨쇼로 끝이 나버렸다.

5이닝 2피안타 1사사구 무실점. 탈삼진은 무려 8개.

한 수 아래라 평가되는 중국을 압도하며 메이저리그 스카우터들에게 성진우가 죽지 않았다는 사실을 확실히 보여주었다.

성진우의 호투와 황철민의 연타석 홈런을 앞세워 한국 대표팀은 중국을 11 대 0, 7회 콜드 게임으로 따돌렸다.

쿠바 역시 네덜란드를 상대로 13 대 3, 8회 콜드 게임으로 잡아내고 1라운드 첫 승을 신고했다.

그리고 다음 날, 한국은 쿠바와 1위 자리를 놓고 격돌했다.

한국의 선발투수는 한정훈이었다. 이에 맞서 쿠바는 떠오르는 신예 마크 에르난데스를 내세웠다.

경기장에 모인 기자들은 아무래도 한정훈을 앞세운 한국이 쿠바보다 유리할 것이라고 전망했다. 그러면서도 경기를 끝까지 지켜봐야 한다고 강조했다.

"1라운드 규정상 한정훈이 던질 수 있는 65구까지야."

"5회, 아니, 6회까지는 한정훈이 막아줄 수 있겠지. 하지만 그다음은? 7, 8, 9회 3이닝이라 해도 최소, 한 타순이야. 쿠바 타선이라면 얼마든지 폭발할 수 있다고."

"마크 에르난데스도 무시해서는 안 돼. 이번 대회가 끝나면 메이저리그에서 서로 데려가려고 할 투수라고."

"한국 타자들이 마크 에르난데스를 상대로 초반에 점수를 뽑아주지 않는 한 한국 대표팀 시나리오대로 경기가 풀릴 가능성은 없다고 봐."

기자들은 한국 팀이 승리할 가능성을 60% 정도로 잡았다. 현역 메이저리거들로 중무장한 타력에 있어서 차이가 심했지만, 한정훈이라는 무적의 방패가 선발로 나서는 만큼 경기 초반 분위기가 난타전으로 이어지진 않을 거라고 전망했다.

그 예상대로 한정훈은 1회 초부터 불같은 강속구를 선보였다.

퍼엉!

묵직한 포구 소리와 함께 전광판에 찍힌 구속은 163㎞/h.

지난 시즌 평균 구속(102.6mile/h≒165.1㎞/h)과 비교해도 손색이 없는 빠르기였다.

―한정훈 선수, 강력한 포심 패스트볼로 1번 타자 야그엘

산토스 선수를 꼼짝 못 하게 만듭니다.

–공이 살짝 몰렸는데요. 야그엘 산토스 선수는 움찔 몸을 피했습니다.

–몸 쪽으로 붙어 들어올 거라고 생각했을까요?

–글쎄요. 그것보다는 한정훈 선수의 기세에 눌린 거겠죠.

서재훈의 말처럼 야그엘 산토스는 한정훈의 공에 전혀 대응하지 못하고 3구 삼진으로 물러났다.

뒤이어 타석에 들어온 유니엘 마르티네스도 마찬가지. 초구 몸 쪽 포심 패스트볼과 2구째 바깥쪽 포심 패스트 볼을 지켜만 보다가 3구째 들어온 한복판 스플리터에 시원하게 헛스윙을 하고 더그아웃으로 몸을 돌리고 말았다.

–대한민국의 에이스 한정훈! 야그엘 산토스와 유니엘 마르티네스를 연속 3구 삼진으로 돌려세웁니다.

–1라운드 규정상 한정훈 선수의 공을 65구까지밖에 보지 못한다는 사실이 아쉬웠는데 이런 분위기라면 6회 이상도 기대해 볼 수 있을 것 같네요.

–그러려면 이 중심 타선을 잘 헤쳐 나가야 하는데요.

–양키즈에서 한솥밥을 먹고 있는 요하니스 페데즈 선수가 한정훈 선수를 도와줬으면 좋겠습니다.

그 순간.

따악!

둔탁한 소리와 함께 공이 높게 치솟았다.

한국 중계진의 말을 듣기라도 한 것처럼 요하니스 페데즈가 한정훈의 초구 포심 패스트볼을 건드려 1루수 파울 플라이로 물러난 것이다.

—한정훈 선수, 1회 초 세 타자를 공 7개로 막아냅니다.

—이제 58구가 남았는데요. 한정훈 선수가 평소 이닝당 10구 전후를 던졌던 만큼 잘하면 7회까지도 마운드에 올라올 수 있을 것 같습니다.

2회 초, 한정훈은 선두 타자 호세 베라에게 유격수 내야 안타를 허용했다.

한정훈이 초구에 던진 포심 패스트볼을 쿠바의 신성 호세 베라가 이를 악물고 받아치면서 내야 땅볼이 나왔는데 코스가 워낙 좋아 안타로 연결되어 버린 것이다.

하지만 한정훈은 흔들리지 않고 5번 타자 요르비스 보토에게 2구째 체인지업을 던져 더블플레이로 유도했다. 그리고 6번 헥토 멘도사를 3구 삼진으로 돌려세우고 이닝을 마쳤다.

뒤이어 3회 초에 마운드에 오른 한정훈이 7, 8, 9번 하위 타선을 연속 삼진으로 잡아내자 기자들이 고개를 절레절레 흔들어 댔다.

"한정훈 이제 몇 개 남은 거야?"

"42개."

"그럼 7회까지는 문제없겠는데?"

"안타를 안 내준다고 가정했을 때 최소 7회까진 마운드에 오르겠지."

2회까지 마크 에르난데스의 투구 수는 33구였다. 안타를 허용하진 않았지만 이대로라면 4회를 끝마칠 수 있을지 확신하기 어려웠다.

반면 한정훈은 3이닝 동안 23구만 던졌다. 그렇다 보니 한정훈은 길어야 6회까지일 거라고 장담했던 기자들이 하나둘 말을 바꾸기 시작했다.

물론 그렇다고 해서 경기 전망까지 달라지진 않았다.

"아직까진 괜찮아. 한국 대표팀은 아직 안타 하나 때려내지 못했다고."

"한국이 선취점을 낸다면 모르겠지만 이대로 0 대 0으로 경기가 진행되면 쿠바가 유리하다고. 한정훈이 잘 던지는 것만으로는 경기에서 이길 수가 없어."

한정훈이라는 괴물 같은 투수를 상대로 쿠바 대표팀 타자들이 고전하는 것처럼 한국 대표팀 타자들도 마크 에르난데스의 최고 구속 159㎞/h 포심 패스트볼에 헛방망이질만 하고 있었다.

공도 빨랐지만 솟구치는 듯한 무브먼트는 좀처럼 적응이 되지 않았다. 타자마다 마치 한정훈의 공을 보는 것 같다고 혀를 내두를 정도였다.

"스트라이크, 아웃!"

3회 말에 마운드에 오른 마크 에르난데스는 한국의 7, 8, 9번 세 타자를 깔끔하게 틀어막고 이닝을 마쳤다.

안타와 사사구 없이 삼진만 5개.

3회까지만 놓고 봤을 때 한정훈에게 조금도 밀리지 않는 완벽한 투구였다.

–마크 에르난데스가 마치 한정훈처럼 마운드를 지배하고 있습니다.

–쿠바 쪽에서는 리틀 한이라 불리는 선수인데요. 메이저리그로 넘어오면 한정훈의 강력한 경쟁자가 될지도 모르겠습니다.

–마크 에르난데스는 인터뷰에서 자신이 3년 전 한정훈보다 더 대단한 투수라고 했다던데요.

–하하. 마크 에르난데스가 한정훈보다 3살이 어린가요?

자신감 넘치는 모습은 좋습니다만 솔직히 100% 동의하긴 어렵네요.

–하지만 지금 보여준 실력을 꾸준히 유지할 수만 있다면 한정훈 이후 최고의 우완 투수가 될 자질은 충분해 보입니다.

콕스 TV 중계진도 마크 에르난데스를 높이 평가했다. 만에 하나 오늘 한정훈이 등판한 한국을 잡아낸다면 마크 에르난데스의 주가가 폭등할지도 모른다며 너스레를 떨었다.

하지만 명품 투수전 양상으로 이어질 것 같았던 경기 분위기는 4회를 기점으로 완전히 달라졌다.

"스트라이크, 아웃!"

한정훈은 4회 초에도 세 타자를 삼자범퇴로 돌려세우며 이닝을 마쳤다. 1번 타자 야그엘 산토스는 이번에도 3구 삼진을 당했고 2번 타자 유니엘 마르티네스와 3번 타자 요하니스 페데즈는 각각 2루수 땅볼과 3루수 플라이로 물러났다.

한정훈이 4회 세 타자를 상대로 던진 공은 단 7개. 4회까지 총 투구 수는 고작 30구였다.

"마크! 투구 수를 아껴. 이대로 가다간 5회도 버티지 못할 거라고."

한정훈의 투구 수를 확인한 쿠바 대표팀 감독이 마크 에르난데스를 닦달했다.

이제 마크 에르난데스에게 남은 투구 수는 21구에 불과했다. 앞선 이닝처럼 투구 수를 낭비했다간 5회부터 새로운 투수를 올려야 하는 상황이었다.

"알겠습니다."

마크 에르난데스는 대수롭지 않게 고개를 끄덕였다. 그렇지 않아도 포수 알베르토 카노의 조심스러운 리드가 마음에 들지 않았는데 차라리 잘됐다고 여겼다.

"아웃!"

1번 타자 공형빈을 2구 만에 3루수 앞 땅볼로 돌려세우고, 2번 타자 김호영을 초구에 중견수 플라이로 유도해 낼 때까지만 해도 마크 에르난데스는 자신의 포심 패스트볼이 최고라고 여겼다.

하지만 3번 타순으로 전진 배치된 황철민에게 큼지막한 홈런포를 얻어맞으며 자신감이 무너졌다.

설상가상 4번 타자 박병훈을 사사구로 내보낸 뒤, 5번 타자 강준호에게 또다시 홈런을 허용하며 경기 분위기를 완전히 한국 대표팀 쪽으로 넘겨주고 말았다.

—아아, 결국 쿠바 대표팀 감독이 마운드에 올라오네요.

—마크 에르난데스가 3회까지는 정말 잘 던졌는데요. 4회에 두 개의 홈런을 포함, 3실점을 하고 강판당하고 맙니다.

–아무래도 투구 수 제한을 신경 쓴 결과겠지요?

–한정훈이 너무나 효율적인 투구로 마운드에서 버텨주고 있으니까요. 마크 에르난데스도 선발투수로서 조금 더 긴 이닝을 소화하고 싶은 욕심이 들었을지도 모르겠습니다.

–하지만 결과가 좋지 못했습니다.

–황철민에게 무리하게 몸 쪽 승부를 건 게 화근이었습니다.

콕스 TV 중계진의 탄식 속에 쿠바 대표팀은 곧바로 라몬 에르난데스를 투입해 분위기 반전에 나섰다.

본래 대표팀의 마무리투수로 기용할 예정이었지만 3 대 0으로 지고 있는 상황에서 등판 순서를 지켜줄 수는 없는 노릇이었다.

다행히 라몬 에르난데스가 6번 타자 김현우를 유격수 땅볼로 유도하며 이닝을 끝냈다. 하지만 고작 그 정도로는 경기 분위기를 다시 되돌리기 어려웠다.

한정훈은 7회까지 마운드를 지키며 한국 대표팀의 2라운드 진출을 이끌었다.

피안타는 단 1개. 탈삼진은 무려 12개였다.

한국 타자들도 6회에 한 점, 7회에 한 점을 보태며 제 몫을 다했다. 한정훈에 이어 마운드에 오른 박세운이 2이닝 동안 2실점을 하긴 했지만 여섯 개의 아웃 카운트를 잘 잡아내고 한국 대표팀의 승리를 지켰다.

최종 스코어 5 대 2.

B조 4개국 중 가장 먼저 2승을 거둔 한국 대표팀은 네덜란드를 7대 1로 격파하고 3전 전승으로 2라운드에 진출했다.

메이저리그를 경험한 이승민은 확실히 여유가 넘쳤다. 공격적으로 방망이를 휘두르는 네덜란드 타자들을 상대로 투구의 강약을 조절하며 6이닝 동안 단 3개의 안타만을 허용했다.

중국을 상대로 8점을 뽑아내며 만만찮은 타격감을 과시했던 네덜란드 타자들은 이승민의 완급 조절에 속수무책으로 당했다.

그렇게 2013년에 이어 다시 한 번 한국을 잡아내고 2라운드 진출의 기적을 만들어보겠다던 네덜란드 대표팀의 바람은 수포가 되었다.

B조 2위는 예상대로 쿠바가 차지했다. 2패로 탈락이 확정된 중국을 상대로 압도적인 화력을 과시하며 17 대 1, 5회 콜드 게임 승리를 거두었다.

쿠바에 이어 네덜란드가 1승 2패로 3위에 올랐고 2라운드 진출을 자신하던 중국은 3전 전패로 최하위를 기록했다.

2라운드에서 한국 대표팀과 맞물릴 A조의 최종 순위도 예상대로였다.

1위는 3전 전승을 기록한 일본이 차지했다. 그리고 대만이 일본에 이어 2라운드에 올라왔다. (2승 1패)

한국 대표팀은 네덜란드전이 끝나자마자 전용기를 타고 도쿄로 향했다. 본래 하루를 푹 쉬고 다음 날 출발할 예정이었지만 현지 적응이 필요하다는 대표팀의 요청에 따라 일정이 앞당겨졌다.

그리고 사흘 뒤 도쿄 돔에서 한국과 대만의 2라운드 첫 경기가 열렸다.

한국의 선발투수는 예정대로 성진우였다. 이에 맞서 대만은 고민 끝에 에이스 왕웨이룬을 출격시켰다.

마운드의 무게감은 국내 리그에 머물고 있는 성진우보다 메이저리거인 왕웨이룬 쪽으로 기울었다.

올 시즌 성진우가 예전의 기량을 회복한 반면 왕웨이룬은 6승 13패, 평균 자책점 4.93으로 부진했다고는 하지만 리그의 차이를 감안하면 왕웨이룬의 손을 들어줄 수밖에 없었다.

그러나 타선의 중량감은 정반대였다. 황철민에서 시작해 박병훈, 강준호, 김현우로 이어지는 메이저리그 중심 타선은 아시아 최강이라 불려도 손색이 없었다.

반면 대만은 장타자 기근에 시달리고 있었다. 마이너리그에서 불러들인 타자도 대부분 교타자다 보니 클린업에서 힘을 써줄 만한 선수가 없었다.

그 차이가 경기의 승패를 갈랐다.

성진우는 5회까지 피안타 7개, 사사구 3개를 내주며 고전했다.

올 시즌 이닝당 평균 13.3구를 던지며 효과적인 피칭을 했지만 대만 대표팀 타자들을 상대로 5회 말까지 79구를 던지며 80구 투구 수 제한을 꽉 채워 버렸다. 하지만 실점은 단 3점에 그쳤다. 7개의 안타가 전부 단타였기 때문이다.

왕웨이룬은 6회까지 마운드를 지켰다. 피안타 5개. 사사구 2개. 투구 결과로만 놓고 보자면 왕웨이룬이 우세한 경기였다.

그러나 왕웨이룬이 내준 점수는 6점이었다. 3회 초, 2사 2, 3루 승부처에서 황철민을 거르고 박병훈에게 만루 홈런을 얻어맞으면서 실점이 급격히 늘어났다.

이후 대만은 불펜 전력을 쏟아부으며 한국의 추가 득점을 막아내려 했다. 그러나 오히려 강준호와 김현우에게 솔로포를 허용하며 점수 차이가 더 벌어졌다.

반면 한국은 6회부터 9회까지 4이닝을 강현승이 1실점으로 잘 막아주면서 승리를 챙겼다. 그 과정에서 불펜의 핵심 자원인 강현승의 투구 수가 50구를 넘겼지만, 김인선 감독은 대수롭지 않게 웃어넘겼다.

투구 수 제한에 따라 강현승이 4일간 나오지 못하더라도 상관없었다. 이대로 대만을 잡으면 다음 경기인 승자전의 선발은 한정훈이었다. 그리고 승자전에서 이기면 최종 순위 결정전까지 4일의 휴식 기간이 있어 다시 한정훈을 올릴 수 있었다.

성진우와 강현승이라는 두 명의 좌완 투수를 앞세워 한국은 대만을 8 대 4로 물리치고 승자전에 올라갔다.

A조 1위 일본과 B조 2위 쿠바의 경기에서는 하리모토 쇼타를 앞세운 일본이 2 대 1, 한 점 차 승리를 챙겼다.

한국이 승자전에 올라갔다는 소식이 전해지면서 C조와 D조 진출국들의 머릿속이 복잡하게 변했다.

"예상대로 한국이 이겼습니다."

"그렇다면 한국의 1위 진출은 확정인가?"

"한정훈이 승자전과 최종 순위 결정전에 등판할 가능성이 크니까요."

"빌어먹을, 이래서 2라운드도 하던 대로 풀 리그 방식으로 진행해야 한다고 그렇게 말을 했는데……!"

"이미 결정된 사안을 가지고 이제 와 후회한들 소용없습니다."

"그렇다면 한정훈의 그다음 등판 경기는 준결승전이 되는 건가?"

"아마 그럴 겁니다. 한국도 목표가 결승 진출이니까요."

"그럼 준결승전에서 한국을 피하려면 수단과 방법을 가리지 않고 순위 결정전에서 이겨야 한다는 말이로군."

"지금으로서는 승자 승에서 이긴 다음에 체력을 비축하는 게 최선입니다."

결선 진출을 노리는 미국(C조 1위, 3승)과 도미니카 공화국(C조 2위, 2승 1패), 베네수엘라(D조 1위, 2승 1패), 푸에르토리코(D조 2위, 2승 1패) 모두 첫 경기 승리에 사활을 걸었다. 첫 경기를 어떻게든 잡아낸 뒤 승자전에서 이겨야 상대적으로 여유롭게 최종 순위 결정전을 준비할 수 있었다.

대회 일정상 C조와 D조의 2라운드 경기는 하루 늦게 시작됐다.

이날 경기에서 미국은 한 수 아래라는 푸에르토리코를 맞아 3 대 1, 두 점 차 승리를 챙겼다. 선발 노아 선더가드(메츠)의 호투 속에 푸에르토리코의 강타선이 좀처럼 힘을 쓰지 못했다.

도미니카 공화국과 베네수엘라의 경기는 예상외의 난타전이 벌어졌다. 에이스 투수 간의 맞대결이었지만 양 팀 모두 4회부터 불펜을 동원하는 촌극이 벌어졌다.

최종 스코어는 11 대 9, 도미니카 공화국의 승리로 끝이 났다.

"예선에서 도미니카 공화국을 한 번 잡았으니까요. 이번에도 충분히 승산이 있다고 생각합니다."

"선발투수가 클레이튼 커셔입니다. 이변이 없는 한 미국이 최종 순위 결정전에 선착할 겁니다."

미국 언론은 승리를 자신했다. 지난 예선에서 도미니카 공화국을 상대로 5이닝 무실점 호투를 펼쳤던 클레이튼 커셔가 승자전을 준비하고 있었다.

하지만 도미니카 공화국의 선발투수도 만만치 않았다. 에이스로 꼽히는 요다 벤츄라(로열스)와 실력 면에서는 큰 차이가 없는 카를로 마르티네스가 대기 중이었다.

미국의 주요 언론은 미국이 승리할 가능성을 60%로 보았다. 도박 사이트에서는 52 대 48, 정말 근소한 차이로 미국의 우세를 점쳤지만, 언론은 명실공히 미국을 대표하는 클레이튼 커셔가 등판한다는 이유만으로 승리 가능성을 높였다.

반면 미국 언론은 한국과 일본의 경기에서 한국이 승리할 가능성을 55%로 책정했다.

도박 사이트는 88 대 12로 한국의 절대 우세를 점쳤으나 언론의 생각은 달랐다. 일본도 오타니 쇼헤를 내세우는 만큼 한국에 호락호락 당하지는 않을 것이라고 판단했다.

다음 날 한국과 일본, 미국과 도미니카 공화국의 승자전 경기가 동시에 열렸다.

"한정훈의 투구 수를 늘려서 최대한 빨리 강판시켜야 해!"

일본 대표팀의 오쿠보 유키 감독은 일본이 승리할 수 있는 유일한 방법은 한정훈을 끌어내리는 것뿐이라고 말했다. 물론 지금까지 단 한 번도 성공한 적이 없는 작전이었지만 80구라는 투구 수 제한이 걸린 WBC에서는 충분히 통할 것이라고 확신했다.

일본 대표팀 타자들도 저마다 의지를 다졌다.

"하나야. 공 하나씩만 더 보자고."

"한 사람당 공 4개씩만 봐도 한정훈을 8회에 못 나오게 만들 수 있어! 오타니도 그때까진 버텨줄 거야. 그러니까 서두르지 말자고!"

2라운드의 투수 제한 투구는 80구. 한정훈이 이닝당 12개를 던질 경우 8회부터 등판이 어려워진다. (7회까지 84구.) 만약 한정훈을 이닝당 13구씩 던지게 한다면 7회 때 끌어내릴 수도 있었다. (6회 78구)

반면 한국 대표팀은 정반대로 작전을 냈다.

"적극적으로 때려. 한정훈을 믿고 최대한 빨리 점수를 뽑아내는 게 중요해!"

김인선 감독은 선취점의 중요성을 쉴 새 없이 강조했다.

일본 타자들이 한정훈을 상대로 투구 수를 늘리려 들 거라는 건 이미 예상된 일이었다. 하지만 그 작전이 유효하려면 최소한 경기에서 지지 않는다는 전제 조건이 필요했다.

김인선 감독은 한국 대표팀이 오타니 쇼헤를 상대로 선취점을 뽑아낸다면 일본 대표팀 타자들이 여유롭게 한정훈의 공을 고르고 있지는 못할 것이라고 생각했다.

그리고 그 예상은 정확하게 맞아떨어졌다.

4회 초.

따악!

선두 타자 공형빈이 오타니 쇼헤의 3구째 슬라이더를 잡아당겨 1, 2루 간을 꿰뚫으면서 팽팽하던 경기 흐름이 달라지기 시작했다.

김인선 감독은 곧바로 2번 타자 김호영에게 희생 번트를 주문했다. 오타니 쇼헤-나카무라 요헤이 배터리가 번트를 대주지 않으려고 좋은 공을 주지 않았지만, 김호영은 몸 쪽으로 높게 들어오는 하이 패스트볼을 요령껏 숨죽이며 1루 주자 공형빈을 2루로 보내는 데 성공했다.

그렇게 오늘 경기 첫 득점권 기회가 3번 타자 황철민에게 걸렸다.

"황철민은 거르는 게 좋겠어."

오쿠보 유키 감독은 고의사구를 지시했다. 앞선 타석에서 오타니 쇼헤의 159㎞/h짜리 빠른 포심 패스트볼을 그대로 받아쳐 중견수 플라이로 물러났던 만큼 승부를 피하는 게 좋다고 판단했다.

하지만 오타니 쇼헤는 고개를 저었다. 이제 막 메이저리그에 데뷔한 풋내기를 상대로 고의사구를 줄 수는 없는 노릇이었다.

'어디, 쳐 볼 테면 쳐 봐라!'

오타니 쇼헤는 포심 패스트볼을 앞세워 황철민을 억눌렀다.

초구에 몸 쪽 꽉 차는 스트라이크를 던져 황철민을 꼼짝 못 하게 만든 뒤 2구째 바깥쪽 높게 날아드는 공으로 황철민의 파울을 유도해 냈다.

"젠장할!"

순식간에 투 스트라이크에 몰린 황철민이 질근 입술을 깨물었다.

그러고는 머릿속에 다른 공은 전부 지워 버리고 포심 패스트볼 하나만 떠올렸다. 다른 공이 들어와 삼진을 당하더라도 포심 패스트볼만큼은 절대 놓치고 싶지 않았다.

'슬라이더로 승부하자.'

황철민의 속내를 읽은 포수 나카무라 요헤이는 오타니 쇼헤의 주 무기인 슬라이더를 요구했다.

종으로도, 횡으로도 변하는 이 공이라면 포심 패스트볼에 정신이 팔려 있는 황철민의 방망이를 끌어낼 수 있다고 여겼다.

그러나 오타니 쇼헤는 이번에도 고개를 저었다.

'저딴 녀석은 포심 패스트볼 하나면 돼.'

나카무라 요헤이는 어쩔 수 없이 몸 쪽으로 미트를 움직였다. 꼭 포심 패스트볼이어야 한다면 쉽게 칠 수 없는, 몸 쪽 꽉 차게 들어오는 포심 패스트볼이 들어와야 했다.

오타니 쇼헤도 나카무라 요헤이의 미트를 향해 힘껏 공을 내던졌다.

그 순간.

'들어왔다!'

황철민이 기다렸다는 듯이 방망이를 휘돌렸다.

따악!

요란한 방망이 소리가 도쿄돔에 울려 퍼졌다. 그리고 잠시 후.

"으아아아!"

"젠자아앙!"

관중석 곳곳에서 비명이 터져 나왔다.

단숨에 담장을 넘길 듯 쭉 뻗어 나가던 타구는 다행히 펜스 상단에 맞고 튕겨 나왔다. 하지만 그사이 2루 주자 공형빈이 여유롭게 3루를 돌아 홈으로 들어왔다.

스코어 1 대 0.

한정훈만 끌어내리면 이길 수 있다던 오쿠보 유키 감독의 얼굴이 딱딱하게 굳어졌다.

막중한 책임감을 안고 마운드에 올랐던 오타니 쇼헤는 황철민의 2루타에 무너졌다.

4번 타자 박병훈에게 안타를 맞고 추가 실점을 한 뒤 5번 타자 강준호를 몸에 맞추고 6번 타자 강현우에게 다시 1타점 2루타를 허용하면서 강판당하고 말았다.

뒤이어 마운드에 오른 아츠이 유키가 7번 안치홍을 더블플레이로 잡아내며 길었던 한국의 4회 초 공격이 끝이 났다.

하지만 이미 3 대 0으로 벌어진 점수는 도쿄돔을 가득 메운 일본 관중에게 악몽이나 다름없었다.

"3 대 0이야. 끝났다고."

"하아, 미치겠네. 우린 평생 한정훈을 이기지 못하는 거야?"

"감독은 대체 뭘 하고 있었던 거야? 3번에게 안타를 맞았을 때 나와서 오타니 쇼헤를 다독였어야지!"

"오타니 쇼헤는 틀렸어. 더 이상 에이스가 아니라고."

"그래, 맞아. 차라리 하리모토 쇼타가 승자전에 나오는 게 더 나았을 거야."

일찌감치 패배를 직감한 관중들의 표정은 절망 속에 빠져 있었다. 하지만 오쿠보 유키 감독은 아직 기회가 남아 있다며 선수들을 독려했다.

"다들 정신 차려! 한정훈의 투구 수는 벌써 37구야. 이대로만 버티면 8회부터 한국의 불펜 투수들을 상대할 수 있다고!"

오쿠보 유키 감독은 8회와 9회, 두 이닝만으로도 3점 정도는 충분히 만회할 수 있다고 여겼다. 그러니 흔들리지 않고 한정훈의 투구 수를 늘리는 데 집중해야 한다고 목소리를 높였다.

하지만 막상 경기에 임하는 타자들이 느끼는 중압감은 달랐다.

'3 대 0이야. 여기서 출루하지 못하면 오늘 경기는 절대 못 이긴다고.'

1번 타자 오코에 루이스는 한정훈의 초구가 들어오기가 무섭게 있는 힘껏 방망이를 휘돌렸다. 한정훈이 3점 차 리드에 마음을 놓고 다소 몰린 몸 쪽 포심 패스트볼을 던졌다고 생각한 것이다.

하지만 정작 공은 마지막 순간에 꼬리를 말고 오코에 루이스의 몸 쪽으로 파고들었다.

J-스플리터.

조급해진 오코에 루이스의 속내를 한정훈-박기완 배터리

가 역으로 파고든 것이다.

따악!

먹힌 타구가 3루수 강준호의 정면으로 향했다. 수비 보강 차원에서 공형빈을 선발하면서 유격수에서 3루수로 포지션을 옮기긴 했지만, 강준호는 너무나 깔끔하게 타구를 처리했다.

"형, 3루 수비가 더 나은데요?"

한정훈이 강준호를 향해 엄지를 들어 올렸다. 그러자 강준호가 이쯤은 아무것도 아니라며 피식 웃어 보였다.

공 하나로 오코에 루이스를 잡아낸 한정훈과 박기완은 예정대로 볼 배합을 바꿨다.

앞선 3이닝은 최고 구속 163㎞/h에 달하는 포심 패스트볼로 타자들을 윽박질렀지만, 이제는 타자들의 방망이를 적극적으로 끌어낼 수 있는 공을 던져야 한다고 생각했다.

'참아야 해.'

타석에 들어선 2번 타자 유키 나스히로는 질근 입술을 깨물었다. 1번 타자 오코에 루이스가 욕심을 부리다 한정훈의 초구를 건드린 만큼 2번 타자인 자신이 최대한 오래 공을 지켜봐야 한다고 여겼다.

하지만 그 인내심은 2구째 한복판으로 들어온 포크볼 앞에 무너졌다.

'실투다!'

한정훈의 손끝을 빠져나온 공이 한가운데로 몰리자 유키 나스히로는 망설이지 않고 방망이를 돌렸다. 여기서 안타를 때려낼 수만 있다면 공을 고르는 것보다 더 좋은 결과로 이어질 것이라고 생각했다.

그러나 마지막 순간에 뚝 하고 떨어진 공은 유키 나스히로의 방망이 끝부분에 걸려 버렸다.

딱!

데굴데굴 굴러간 공이 1루수 박병훈의 정면으로 향했다.

몸이 찌뿌듯하다는 이유로 1루 출전을 자청한 박병훈은 씩 웃으며 타구를 받았다. 왼발로 1루 베이스를 밟은 상태라 유키 나스히로는 그대로 아웃 처리가 됐다.

"미치겠군!"

오코에 루이스에 이어 유키 나스히로마저 한정훈의 투구 수를 늘리는 데 실패하자 오쿠보 유키 감독은 답답함을 감추지 못했다.

이런 식으로 한정훈의 피칭에 휘둘리다 보면 경기 후반을 노려보겠다는 계획 자체가 수포로 돌아갈 수밖에 없었다.

하지만 3번 타자 야마야 데쓰토도 한정훈의 초구 하이 패스트볼에 방망이를 내밀어 2루수 플라이로 아웃되면서 오쿠보 유키 감독은 작전을 포기해 버렸다.

선수들이 하나같이 조급함에 빠져 있는데 자신을 믿고 기다리라고 해봐야 먹힐 것 같지 않았다.

“일단 더 이상 점수를 내주지 않는 게 중요해.”

오쿠보 유키 감독은 가용 가능한 불펜 자원을 총동원했다. 특히나 한국의 중심 타선을 상대할 때면 공이 눈에 익을까 봐 일부러 투수를 바꾸기까지 했다.

덕분에 한국 대표팀은 4회 이후로 단 한 점도 추가점을 내지 못했다.

하지만 대표팀 선수 중 누구도 불안해하지 않았다. 한정훈의 이닝당 평균 투구 수가 이닝이 거듭될수록 줄어들었기 때문이다.

3회 37구(12.33).

4회 41구(10.25).

5회 49구(9.8).

6회 57구(9.5).

7회 64구(9.14).

8회 71구(8.88).

9회 79구(8.78).

4회를 공 4개로 마친 걸 시작으로 한정훈은 매 이닝 10구

미만의 투구 수로 타자들을 요리했다.

투구 결과도 완벽에 가까웠다. 8회에 선두 타자로 들어온 4번 타자 야니기타 유이에게 안타를 허용하며 퍼펙트 행진이 깨졌지만 이후 나머지 타자들을 범타로 유도하며 경기를 마쳤다.

9이닝 1피안타 무실점, 삼진 12개, 최종 투구 수 79구.

"미쳤군."

"이건 미친 게 확실해."

한정훈이 작성한 이 말도 안 되는 기록에 전문가들은 하나같이 고개를 흔들어 댔다.

투수의 혹사를 막기 위해 80구 제한을 두었는데 일본을 상대로 1피안타 완봉승이라니. 이건 정말 미쳤다고 볼 수밖에 없었다.

같은 시각 미국과 도미니카 공화국의 경기는 4 대 3, 미국의 승부치기 승리로 끝이 났다.

9회까지 2 대 2, 팽팽한 맞대결로 이어지던 경기는 10회 초부터 시작된 승부치기에서 도미니카 공화국이 한 점을 낸 뒤 10회 말 그린 버드의 2타점 역전 2루타가 터지며 미국이 역전승을 거두었다.

승자전에서 승리한 한국과 미국은 최종 순위 결정전을 앞두고 나란히 나흘간의 휴식에 들어갔다.

반면 탈락이 확정된 대만, 푸에르토리코를 제외한 일본과 쿠바, 도미니카 공화국, 베네수엘라는 마지막 남은 2자리를 놓고 본선 진출 최종 결정전을 치르게 됐다.

"쿠바보다는 아무래도 일본이 올라올 가능성이 크겠지?"

"시뮬레이션상 일본이 53%, 쿠바가 47%입니다."

"우리는 어때? 일본이야 쿠바야?"

"상대하기는 쿠바가 더 쉬울 겁니다. 일본은 아무래도 우리와 스타일이 다르니까요."

"도미니카 공화국과 베네수엘라 결과는?"

"역시 도미니카 공화국이 우세합니다. 58%입니다."

"거의 6 대 4로군."

"네, 이 경우는 변수가 없을 것 같습니다."

미국 전략 분석팀은 최종 결정전의 승자로 일본과 도미니카 공화국을 점찍었다. 그리고 순위 결정전에서 도미니카 공화국을, 그다음 4강전에서 일본을 만날 때를 대비한 시나리오를 준비했다.

미국 전략 분석팀의 예상대로 미국 샌디에이고에서 치러진 도미니카 공화국과 베네수엘라 간의 최종 결정전은 도미니카 공화국의 승리로 끝났다.

최종 스코어 8 대 3.

점수 차이에서 느껴지듯 도미니카 공화국이 주도했던 경기였다.

하지만 일본과 쿠바의 최종 결정전은 예상이 빗나갔다. 쿠바가 일본을 9 대 5로 누르고 결선 진출 티켓을 손에 넣은 것이다.

일본 대표팀은 오타니 쇼헤-하리모토 쇼타의 뒤를 잇는 3선발 유기노 토모유키(오리올스)를 선발로 내세우며 승리를 자신했다. 지난 예선 때부터 스기노 토모유키의 컨디션이 좋았던 만큼 쿠바 타자들을 얼마든지 상대할 수 있다고 여겼다.

그러나 믿었던 스기노 토모유키가 4이닝을 버티지 못하고 강판되면서 한 수 위의 마운드를 앞세워 쿠바의 강타선을 잠재우겠다던 일본의 베스트 시나리오가 깨져 버렸다.

차선책으로 마에다 켄타를 투입했지만 기세 오른 쿠바 대표팀 타자들의 방망이에 혼쭐이 나고 말았다.

한국 vs 쿠바

미국 vs 도미니카 공화국

이상 네 팀이 결선 진출을 확정 지은 가운데 대진을 결정

짓기 위한 최종 순위 결정전이 시작됐다.

한국의 선발은 승자전 이후 나흘을 푹 쉰 한정훈이었다. 이에 맞서 쿠바도 에이스 마크 에르난데스를 마운드에 올려 보냈다.

"이번에는 기필코 이기겠습니다."

마크 에르난데스는 언론과의 인터뷰에서 한정훈에게 두 번 지지 않겠다며 이를 악물었다. 하지만 직접 인터뷰를 한 기자들조차 마크 에르난데스의 설욕전은 실현 가능성이 없다고 잘라 말했다.

"마크 에르난데스는 분명 좋은 투수야. 이건 부정할 수 없는 사실이라고."

"오랜만에 돈 보따리를 풀 만한 쿠바 투수가 나왔어. 선배들을 제치고 에이스 자리를 꿰찬 것만 봐도 견적이 나오잖아?"

"마크 에르난데스가 지금보다 조금 더 재능을 폭발시켜 준다면, 글쎄…… 잘하면 한정훈을 능가할지도 모른다는 생각은 들어. 가능성은 적겠지만 말이야. 하지만 그렇다고 해서 오늘 경기가 기대되는 건 아니야. 오늘 경기는 누가 뭐래도 한국이 이길 거야."

"마크 에르난데스의 한계는 지난 경기에서 충분히 봤다고."

"그리고 그 경기에서 우린 한정훈의 경이로움까지 함께 봤지."

"말 그대로 클래스가 다른 선수라고."

"자신감이 넘치는 것까진 좋지만 한정훈에 대한 존중이 부족해. 그냥 내버려 두면 준결승전에서 클레이튼 커셔를 도발할지도 모른다고."

"하하, 뭘 그렇게 신경 써? 상대는 지난 일본과의 승자전에서 완봉승을 거둔 한정훈이라고. 오늘 경기가 끝나면 마크 에르난데스도 알게 되겠지. 메이저리그 톱클래스란 어떤 건지 말이야."

경기 분위기는 지난 예선전의 판박이였다.

3회까지 한정훈과 마크 에르난데스는 9명의 타자를 맞아 탈삼진 쇼를 선보였다.

한정훈이 5개, 마크 에르난데스가 4개.

두 투수가 내던지는 강속구 앞에 타자들은 연신 방망이를 헛돌렸다.

그리고 4회가 시작되자 마크 에르난데스가 예선 때처럼 흔들리기 시작했다.

선두 타자 공형빈은 초구에 기습 번트 안타를 성공시켜 공격의 활로를 열었다.

뒤이어 타석에 들어선 김호영이 페이크 번트 앤드 슬러시를 성공시키며 무사 주자 1, 2루 득점 기회로 이어졌다.

타석에 3번 타자 황철민이 들어오자 마크 에르난데스는

자신도 모르게 어깨에 힘이 들어갔다. 그 과정에서 몸 쪽으로 붙여 던진 슬라이더가 폭투로 이어졌고 주자들이 한 베이스씩 더 진루해 버렸다.

"걸러 보내!"

무사 2, 3루의 위기를 넘기기 위해 쿠바 대표팀 감독은 1루를 채울 것을 지시했다. 마크 에르난데스도 고집을 부리지 않았다.

상식적으로 타격감이 좋고 빠른 공에 강한 황철민보다는 전성기가 지나 스윙 스피드가 떨어진 박병훈을 상대하는 편이 낫다고 여겼다.

그러나 한국 대표팀의 4번 타자인 박병훈을 만만하게 본 대가는 처참했다.

—큽니다! 쭉쭉 뻗어 나갑니다!

—펜스까지 날아가겠는데요!

—넘어가느냐! 넘어가느냐! 넘어…… 갔습니다! 박병훈! 158㎞/h의 바깥쪽 빠른 공을 밀어 때려 우중간 담장을 넘깁니다!

박병훈이 이를 악물고 내돌린 방망이 중심에 걸린 공이 그대로 담장 너머로 사라져 버렸다. 맞는 순간 먹힌 듯한 느낌이 들었지만, 박병훈은 끝까지 팔로우 스루를 하며 힘으로 타구를 밀어내 버렸다.

이 홈런 한 방으로 마크 에르난데스는 또다시 무너지고 말았다. 정신없이 연속 3안타를 허용하더니 8번 타자 박기완의 머리 쪽에 위협구를 던지며 퇴장까지 당했다.

한국 대표팀은 그 기회를 놓치지 않고 물고 늘어져 4회에만 8득점에 성공했다. 뒤이어 5회와 6회 한 점씩을 추가하며 10 대 0, 7회 콜드 게임 승리를 거두었다.

한정훈은 7이닝 동안 단 한 명의 타자도 출루시키지 않으며 퍼펙트로 경기를 마쳤다.

투구 수 79구. 탈삼진 13개.

80구 제한 때문에 9이닝 퍼펙트게임 달성은 불가능해 보였지만 경기장에 모여든 기자들은 물론이고 언론에서조차 한정훈의 퍼펙트게임을 한국 타자들이 날려(?) 버렸다며 아쉬워했다.

한국이 예상 밖의 타격을 뽐내며 강호 쿠바를 콜드 게임으로 잠재운 사이 미국은 도미니카 공화국을 상대로 또다시 승리를 거두며 한국을 피하게 됐다. 선발 노아 선더가드가 7이닝 5피안타 3실점으로 호투하며 승리를 챙겼다.

이렇게 최종 순위 결정전이 끝나면서 결선 대진이 결정됐다.

첫 경기는 한국과 도미니카 공화국.

두 번째 경기는 미국과 쿠바.

이 두 경기의 승자가 WBC 우승을 놓고 다투게 됐다.

"한정훈은 위대한 투수입니다. 하지만 우리는 지기 위해 이곳에 온 게 아닙니다."

도미니카 공화국 대표팀 감독은 한정훈을 상대로 기필코 승리를 거두겠다고 밝혔다.

한정훈으로부터 촉발된 양키즈 트레이드 파문 때문인지는 몰라도 도미니카 공화국 선수 중 상당수가 한정훈에게 적개심을 드러냈다.

그러나 중계를 맡은 콕스 TV 중계진은 한정훈이 선발로 나서는 한 도미니카 공화국이 결승에 오를 가능성은 없다고 잘라 말했다.

—도미니카 공화국의 타선은 냉정하게 말해 쿠바보다 약합니다. 게다가 선발 명단에 포함된 메이저리거 중 한정훈을 상대로 2할 이상의 타율을 기록한 타자가 단 한 명도 없습니다.

—선발인 요다 벤츄라가 얼마만큼 던져 줄지가 관건인데요. 지난 순위 결정전 때도 그랬지만 WBC에서의 성적은 기대보다 못한 편입니다.

—3경기 등판해서 평균 자책점이 5점이 넘으니까요. 아무리 단기전이고 강팀을 상대로 기록한 결과라고는 하지만 지금껏 단 한 점도 내주지 않았던 한정훈과 너무도 비교가 됩니다.

—솔직히 한정훈과 비교해서 부족해 보이지 않는 투수는 거의 없겠지만 요다 벤츄라를 보고 있는 로열스 구단도 맘이 편치는 않을 것 같습니다.

콕스 TV 중계진의 말이 끝나기가 무섭게 중계 TV가 연습투구에 들어간 요다 벤츄라를 잡았다.

중계진의 쓴소리를 듣기라도 한 듯 요다 벤츄라의 표정은 썩 밝아 보이지 않았다.

로열스의 에이스로 활약하고 있는 요다 벤츄라는 본래 이번 WBC에 불참할 생각이었다. 가장 큰 이유는 FA 때문이었다.

2019년 말 로열스와 8년 1억 9천만 달러에 재계약한 요다 벤츄라는 올 시즌이 끝나면 옵트 아웃을 행사할 수 있었다. 그 옵트 아웃에 걸린 조건 중 하나가 바로 이닝. 6년 이내 900이닝을 소화해야 하는데 아직 195이닝이 남아 있었다.

FA 계약 기간 동안 요다 벤츄라가 180이닝을 넘긴 적은 단 한 번뿐이었다. 160이닝 전후로 던진 게 세 번. 나머지 한 시즌은 손가락 부상으로 57이닝밖에 소화하지 못했다.

로열스에서 뛴 열두 시즌을 통틀어도 180이닝 이상을 소화한 시즌은 다섯 번에 불과했다. 그리고 그 대부분이 서른을 넘기기 전에 이룬 기록이었다.

그래서 요다 벤츄라는 WBC를 포기하고 시즌에 집중하고 싶었다. 몸 관리를 잘해서 195이닝을 채운 뒤 한 살이라도 어릴 때 다시 FA 자격을 얻고 싶었다.

하지만 동갑내기인 카를로 마르티네스를 비롯해 거의 모든 도미니카 공화국 출신 메이저리거가 대표팀 소집 요청에 응하면서 요다 벤츄라도 욕심을 버릴 수밖에 없었다.

심지어 로열스 구단조차 요다 벤츄라의 차출 요청에 군말 없이 응했다. 말은 하지 않았지만, 요다 벤츄라와의 FA 계약을 2년 더 연장하고 싶은 속내를 드러낸 것이다.

옵트 아웃 불발로 2년을 로열스에서 보내면 요다 벤츄라의 상품 가치는 떨어질 수밖에 없었다. 올해로 만 서른넷. 내년 시즌, 만 서른다섯이 되는 투수에게 크게 배팅할 구단은 많지 않았다. 하물며 서른일곱이 되는 투수라면 클레이튼 커셔 정도가 아니라면 장기 계약 자체도 어려울 수밖에 없었다.

메이저리그 타선의 활약 속에 도미니카 공화국이 결선 무대에 오르자 요다 벤츄라는 결승전 혹은 3, 4위전 선발을 맡길 희망했다.

아메리칸리그 사이영상을 3연패하고 2년 연속 MVP를 수상한 한정훈과 준결승전에서 맞붙는 건 정말로 피하고 싶었다. 그보다는 차라리 결승전이나 3, 4위전이 백번 나았다.

결승전이라면 우승이라는 확실한 동기가 있었다. 3, 4위전은 부담 없이 편히 던질 수 있었다. 하지만 한정훈이라는 괴물을 상대해야 하는 준결승전은 달랐다. 적어도 요다 벤츄라에게는 던져야 할 아무런 의미가 없었다.

요다 벤츄라는 이 같은 심정을 에이전트를 통해 전달했다. 그러나 도미니카 공화국 고메즈 감독은 요다 벤츄라가 에이스라는 이유만으로 준결승전 선발로 낙점했다.

도미니카 공화국 언론도 요다 벤츄라가 한정훈을 상대로 좋은 경기를 펼쳐 줄 것이라 기대했다.

국민들은 경기 시작 전까지 꼭 이겨야 한다는 부담감을 SNS를 통해 전하기까지 했다. 요다 벤츄라의 심정 따위는 거들떠보지도 않은 채 말이다.

이런 상황에서 요다 벤츄라에게 정상적인 피칭을 기대하는 것 자체가 난센스였다.

–요다 벤츄라, 또다시 안타를 허용합니다.

–이번에도 한복판으로 몰리는 듯한 공이었는데요. 볼카운트가 불리하다 보니 스트라이크를 잡으러 들어갈 수밖에

없었던 것 같습니다.

–1사에 주자 1, 3루가 됐는데요. 여기서 또다시 실점한다면 오늘 경기 힘들어집니다.

–아직 투구 수는 57구밖에 되지 않았습니다만 상당히 지쳐 보이는데요.

–아, 고메즈 감독. 결국, 더그아웃을 나섭니다. 투수를 바꿀 생각인 것 같은데요.

–바꿔야죠. 오늘 경기를 포기할 생각이 없다면 요다 벤츄라를 내리는 편이 나을 것 같습니다.

열정 없이 기계처럼 공을 던지던 요다 벤츄라는 결국 3회를 마치지 못하고 마운드에서 내려갔다.

2.1이닝 4피안타 2사사구 2실점.

아직 투구 수는 여유로웠지만 고메즈 감독은 요다 벤츄라의 손에서 단호하게 공을 빼앗았다.

요다 벤츄라에 이어 루이스 로베이노가 마운드에 올랐다. 한때 양키즈의 마무리투수를 꿈꿨다가 스탈린 카이스트로, 제리 산체스와 함께 브레이브로 트레이드된 비운의 투수였다.

'드디어 만났군. 한정훈의 나라.'

루이스 로베이노는 지난 트레이드에 대한 분풀이를 하듯

160㎞/h에 육박하는 빠른 공으로 한국 대표팀 타자들을 억눌렀다.

요다 벤츄라가 던지던 밋밋한 150㎞/h 전후의 공만 보다 보니 타자들의 방망이가 전반적으로 느릴 수밖에 없었다.

하지만 루이스 로베이노의 활약은 오래가지 못했다. 투구 수가 20구를 넘기자 고메즈 감독이 다시 마운드에 오른 것이다.

"한 이닝은 더 던질 수 있어요!"

"멍청한 소리 하지 마! 넌 선발투수가 아니라고!"

"아웃 카운트 두 개밖에 안 남았다고요. 제발 이번 이닝까지만 던지게 해줘요."

"네 마음은 충분히 알겠으니까 고집부리지 말고 내려가. 어서!"

고메즈 감독이 단호한 목소리로 말했다.

3, 4위전은 이틀 후, 결승전은 사흘 후 열리는 일정상 30구 투구 제한(30구 이상 투구 시 최소 1일 휴식)은 의미가 없었다.

그러나 브레이브스 구단에서 경기당 최대 투구 수를 25구로 제한한 상태였다. 루이스 로베이노가 25구 이상 공을 던질 경우 브레이브스와의 계약상 그 라운드는 더 이상 출전시킬 수 없었다.

고메즈 감독으로서는 오늘 경기보다 남은 경기가 더 중요했다.

애당초 한정훈이 등판하는 한국과 맞붙게 된다는 소식이 전해졌을 때부터 결승 진출은 포기한 상태였다.

대신 3위 자리를 노렸다. 지난 대회에서 4위를 차지했던 만큼 이번 대회에서 최소 3위를 거둬야 감독으로서 체면이 설 것 같았다.

3, 4위전 상대가 미국이라면 무조건 이겨야 했다. 1라운드와 2라운드에서 3번 만나 전부 패배했던 만큼 더 이상은 물러설 수가 없었다.

상대가 쿠바여도 마찬가지였다. 캐리비안 시리즈 라이벌 국가인 쿠바에게 3위 자리를 내줄 수는 없는 노릇이었다.

다음 경기에서 승리하기 위해서는 루이스 로베이노가 절대적으로 필요했다. 선발 카를로 마르티네스와 마무리 역할을 수행 중인 미구엘 카이스트로 사이에서 확실한 연결고리가 되어줄 만한 투수는 루이스 로베이노뿐이었다.

그렇게 루이스 로베이노가 내려가자 잠시 숨 고르기에 들어갔던 한국 대표팀 타자들의 방망이가 다시 춤을 추기 시작했다.

—큽니다! 쭉쭉 뻗어 나갑니다! 아……! 좌익수 타구를 포기했습니다!

-이건 거의 승부의 쐐기를 박는 홈런이네요. 오늘 경기 도미니카 공화국이 이기기는 불가능해 보입니다.

4회 말, 2 대 0으로 앞선 가운데 황철민이 3점 홈런포를 가동하면서 점수는 5 대 0까지 벌어졌다.

뒤이어 타석에 들어선 박병훈과 강준호가 연속 2루타를 때려내며 한 점을 보탰고 이번 대회 홈런이 없던 김현우마저 담장을 넘기면서 점수는 8 대 0까지 벌어졌다.

결선 무대부터는 콜드 게임이 없고 도미니카 공화국 타선이 만만치 않다지만 8점의 리드를 뒤집기란 쉽지 않아 보였다. 게다가 도미니카 공화국도 승리를 반쯤 포기한 상태였다.

"이 코치, 지금 정훈이 투구 수가 몇 개지?"

"4회까지 37구입니다."

"5회에 50구 안에서 끊을 수 있을까?"

"중심 타순이긴 합니다만 충분히 가능할 것 같습니다."

"그럼 불펜 준비시켜."

"부, 불펜을요?"

"그래, 기왕 결승까지 올라갔는데 그래도 우승은 해야 하지 않겠어?"

김인선 감독이 의미심장한 얼굴로 이선철 수석 코치를 바라봤다.

순간 이선철 코치도 마른침을 꿀꺽 삼켰다.

만에 하나 일이 잘못된다면 어마어마한 후폭풍이 몰아치겠지만…… 잘만 한다면 결승전 투수 운용에 대한 부담을 확실히 덜 수 있을 것 같았다.

물론 그렇게 되기 위해서는 한정훈 없이 오늘 경기를 어떻게든 이겨야 했다.

"알겠습니다."

이선철 코치가 다급히 불펜에 전화를 넣었다. 그리고 잠시 후 이승민과 성진우, 강현승 등 등판 가능한 모든 투수가 몸을 풀기 시작했다.

143장
투혼(1)

5회 초, 한정훈은 도미니카 공화국의 중심 타선을 삼자범퇴로 돌려세우고 이닝을 마쳤다.

이때까지 투구 수는 48구.

4일 휴식 제한인 50구에서 2개가 부족한 숫자였다.

그러자 이선철 수석 코치가 타자들을 불러 모았다.

"지금부터 내가 하는 이야기 잘 들어라. 정훈이는 이번 이닝까지만 던진다. 특별히 몸에 문제가 있는 건 아니고…… 이대로 결승전에 대비할 예정이다."

이선철 코치의 말에 타자들은 하나같이 당혹감을 감추지 못했다. 대회 규정상 50구 미만으로 던진 투수는 하루의 휴식만 강제된다. (30구 이상 투구 시 하루 휴식) 따라서 한정훈이 이틀 후에 결승전 무대에 오른다 해도 문제될 건 없었다.

다만 메이저리그, 아니, 세계 최고의 투수를 이런 식으로 혹사시켜야 하는지에 대해서는 누구 하나 속 시원하게 대답하지 못했다.

하지만 이선철 코치는 타자들의 동의를 얻기 위해 이 말을 꺼낸 게 결코 아니었다.

"다른 투수들이 얼마나 버텨줄지는 솔직히 장담하기 어렵다. 어쩌면 정훈이에게 억눌렸던 도미니카 공화국 타자들이 바짝 추격해 올지도 모른다. 그러니 이번 이닝에 어떻게든 추가점을 내야 한다. 그리고 지금의 점수에 만족하지 말고 마지막까지 최선을 다해라. 알았지?"

이선철 코치의 주문에 타자들이 하나같이 고개를 끄덕였다.

도미니카 공화국 쪽에 한정훈이 강판됐다는 사실이 전해지는 건 6회 초가 될 것이다. 그리고 그 이후부터 도미니카 공화국은 전력을 다해 오늘 경기를 뒤집으려 할 것이다.

그렇다면 어떻게든 이번 5회 말에 점수를 뽑아야 했다. 최소한 점수 차이를 두 자릿수로 벌려놓아야 도미니카 공화국의 추격 의지를 꺾을 수 있었다.

"다들 욕심부리지 말고 출루에 집중하자. 알았지? 괜히 큰 거 노리다가 병살만 쳐 봐. 내가 가만 안 둔다."

"여기까지 정훈이 덕에 왔다는 거, 다들 잊지 않았지? 그럼 결승 올라가자. 정훈이 빠졌다고 오늘 경기 뒤집히면 우린 한국 못 돌아갈 거다. 명심해라."

이선철 코치가 한발 물러나자 박병훈과 강준호가 나서서 타자들을 독려했다. 그 반협박이 통했는지 타자들은 7안타를 집중하며 다시 5점을 뽑아냈다.

—벌써 점수가 13 대 0입니다. 도미니카 공화국 선수들, 차라리 콜드 게임이 있었으면 하는 바람일지도 모르겠습니다.

—결선 라운드부터는 콜드 게임이 없으니까요. 정규 이닝 끝까지 버티는 수밖에 없을 것 같습니다.

—혹시라도 지금 채널을 돌린 시청자분들을 위해 이 상황을 말씀드리자면 한국의 선발투수는 한정훈입니다.

—설명은 그게 끝인가요?

—더 필요 있나요?

—음…… 아뇨, 완벽합니다.

—13 대 0으로 한국이 일방적으로 리드하는 상황에서 도미니카 공화국 타자들은 한정훈을 상대하고 있습니다. 5회까지 투구 수가 48구밖에 되지 않는데요.

—결선 라운드부터는 투구 수 제한이 95구로 늘어나기 때문에 지금 분위기상 한정훈의 완투도 충분히 가능해 보입니다.

—이제 다시 마운드 위로 한정훈이 올라올 텐데요. 어……! 이게 뭐죠?

—제가 지금 뭘 잘못 본 건가요?

—전광판에서 한정훈의 이름이 사라졌습니다. 오류인가요?

—부, 불펜 문이 열렸습니다. 한국 대표팀! 한정훈을…… 내립니다!

갑작스러운 투수 교체에 콕스 TV 중계석이 흥분을 감추지 못했다. 그건 한정훈을 보기 위해 몰려든 관중들도 마찬가지였다.

"뭐야? 갑자기 왜 투수가 바뀐 거야?"

"설마 한정훈에게 무슨 일이 생긴 거 아냐?"

"젠장! 어쩐지 너무 자주 나왔다 했어!"

"망했어! 이번 시즌에도 우승해야 하는데……."

관중의 상당수는 WBC의 투구 수 제한을 정확하게 인지하지 못하고 있었다. 그저 한정훈이 95구까지 던질 수 있다는 것 정도만 이해했다. 50구를 채우지 않고 내려간 한정훈이 결승전에 나갈 수 있다는 사실을 인지한 이는 극소수에 불과했다.

도미니카 공화국 더그아웃은 그야말로 폭파 직전이었다.

"한국 놈들! 감히 한정훈을 내리다니!"

"크윽! 이대로 질 수는 없어!"

도미니카 공화국 선수들은 한국 대표팀이 자신들을 얕잡아보고 있다고 여겼다. 설마하니 결승전에 한정훈을 내보내기 위해 일부러 강판시켰다고는 생각하지 않았다.

하지만 제아무리 메이저리거들로 중무장한 도미니카 공화국 타선이라 해도 13점 차이를 극복하기란 결코 쉽지 않았다.

한정훈에 이어 박세운, 강승현, 이승민이 연달아 마운드에 오르며 실점을 최소화했다. 한정훈에게 꽁꽁 틀어 막혔던 타선이 4이닝 동안 9개의 안타를 뽑아냈지만 얻어낸 점수는 고작 5점에 그쳤다.

한국 대표팀 타자들도 최선을 다했다. 6회에 한 점, 7회에 한 점을 추가하며 최종 스코어를 다시 두 자릿수 차이로 벌려 놓았다. (15 대 5) 그리고 가장 먼저 결승전에 올라갔다.

첫 번째 준결승전 소식이 전해지자 미국의 전략 분석팀이 발칵 뒤집혔다.

한국의 승리 소식은 어느 정도 예상했던 바였다. 에이스 한정훈을 내세우는 경기에서 한국 대표팀이 패배할 가능성은 현실적으로 거의 없다시피 했다.

그러나 한정훈이 고작 5이닝 만에 마운드에서 내려가리라고는 그 누구도 짐작하지 못했다.

“도미니카 공화국이 너무 일찍 무너졌습니다.”

“젠장할! 우리하고 할 때도 그러더니만…….”

“어쩌면 상대가 한정훈이기 때문에 일찌감치 포기했던 건지도 모르겠습니다.”

경기 전부터 전문가들은 한국에 선취점을 내줄 경우 도미니카 공화국의 결승 진출은 없을 것이라고 못을 박았다.

이번 대회 무실점 행진을 이어가는 한정훈을 상대로 단 한 점을 뽑아내는 것도 버거운데 동점에 역전 점수까지 얻어내기란 하늘의 별 따기라는 이야기였다.

한정훈이 95구의 투구 수를 모두 소진할 때까지 무실점으로 버티는 것. 그것이 전문가들이 제안한 유일한 승리 방정식이었다.

그런데 선발 요다 벤츄라가 3이닝도 버티지 못하고 두 점을 내주며 강판을 당했다. 여기까진 도미니카 공화국의 화력을 감안했을 때 포기하기 이른 상황이었지만 4회, 황철민에게 3점 홈런을 허용하면서 경기 분위기가 한국 대표팀 쪽으로 완전히 넘어가 버렸다.

단 한 방에 역전을 위해 필요한 점수가 6점까지 늘어났다. 한정훈이 짧으면 7회, 길면 8회까지 버틴다고 가정했을 때 고작 한두 이닝만으로는 뒤집기가 쉽지 않은 점수였다.

여기서 전열을 재정비했다면 그나마 반격의 기회나마 잡았겠지만 도미니카 공화국 벤치의 대응은 안이했다. 마치 경기를 포기하듯 대량 실점을 방관해 버렸다. 그 결과가 15 대 5라는 터무니없는 점수 차이로 이어졌다.

덕분에 미국 전략 분석팀은 생각지도 않았던 한정훈 대비책을 마련하느라 분주해졌다.

같은 시각 쿠바 대표팀의 반응은 조금 다른 반응을 보였다.

"한정훈이 48구만 던지고 내려갔다고?"

"네, 아마 결승전에도 등판할 모양입니다."

"하아……. 지금껏 당한 걸 복수 좀 하나 했더니만……."

"그래도 오늘 경기에서 미국을 상대하는 데는 도움이 될 겁니다. 미국도 한정훈 때문에 투수들 전부를 움직이지는 못할 테니까요."

우승을 노리는 쿠바 대표팀에게 미국은 한정훈이 버티는 한국만큼이나 껄끄러운 상대였다.

메이저리그 최정상급 선수들을 전부 불러 모은 건 둘째 치고 세계 최고 수준의 전략 분석팀을 동원해 쿠바 선수들의 장단점을 훤히 들여다보고 있으니 마치 모든 패를 다 까 보이고 포커 챔피언을 상대하는 것 같은 기분이었다.

그런데 갑작스럽게 한정훈이 결승전에도 나올 수 있을 거라고 한다. 이렇게 되면 미국 대표팀도 애초 예정대로 투수를 운용하기가 어려워진다.

"미국 불펜 투수 대부분이 결선 무대 두 경기 중 한 경기밖에 나오지 못하는 거지?"

"네, 지금까지 알려진 바에 따르면 그렇습니다."

WBC의 투구 수 제한 규정과는 별도로 미국 대표팀의 투수들은 하나같이 자체적인 출전 제한 조건이 걸려 있었다.

제아무리 우승이 걸린 결선 무대라 해도 WBC가 끝나고 일주일이 지나면 2025시즌이 시작되는 터라 예외는 없었다.

선수마다 조금씩 차이는 있지만, 불펜 투수들의 경우 일반적으로 결선 무대 경기당 10구 이내 투구 혹은 결선 무대 1경기 등판(25구 이내)의 제한 사항을 가지고 있었다.

단순하게 생각한다면 10구 이내로 두 경기를 뛰게 하는 게 보다 효율적으로 느껴질 수도 있겠지만 두 타자를 상대하기도 전에 10구 제한이 넘어갈 수 있었다.

그렇게 될 경우 볼카운트가 남아 있는 상황에서 새로운 투수를 올려야 하는 번거로움이 생겼다.

쿠바 대표팀은 미국 대표팀 벤치에서 25구 이내 한 경기 등판을 고려해 투수를 운용할 수밖에 없다고 여겼다.

미국 대표팀의 28인 엔트리 중 투수는 12명.

선발로 확정된 투수는 노아 선더가드, 클레이튼 커셔, 타이안 워커(매리너스), 테너 제이슨(양키즈)였다. 그리고 나머지 8

명은 불펜 투수 중에서 차출이 되었다.

이 중 이번 WBC에서 제 몫을 다한 투수는 5명. 나머지 3명은 쓸데없이 엔트리만 차지한다는 평가를 받고 있었다.

쿠바 대표팀은 미국 대표팀이 한국과의 결승전에 대비해 불펜 투수를 최대한 아낄 것이라 예상했다. 어쩌면 잉여 전력으로 평가받는 세 명의 불펜 투수를 등판시킬지도 모른다고 기대했다.

하지만 미국 대표팀도 자칫 방심했다가 쿠바에게 덜미를 잡힐 수 있다는 사실쯤은 염두에 두고 있었다.

"선발은 클레이튼 커셔로 간다. 그리고 곧바로 타이안 워커가 나선다."

짐 랜드 미국 대표팀 감독은 결승 진출을 위해 파격적인 투수 기용을 들고 나왔다. 선발투수 이후 또다시 선발을 집어넣는 전략은 불펜 투수들에 대한 예의는 아니었지만, 미국 대표팀의 목표는 우승이라는 점을 다시 한 번 상기시키며 선수들의 분위기를 다잡았다.

미국 대표팀의 선발로 나선 클레이튼 커셔는 4이닝 동안 5피안타 2사사구 3실점으로 평범한 피칭을 보여주었다.

시즌 전이라 아무래도 구속이 다 올라오지 않은 탓에 미국 못지않은 화려함으로 무장한 쿠바 대표팀 타자들을 쉽게 이겨내지 못했다.

클레이튼 커셔 다음으로 마운드에 오른 타이안 워커도 크게 다르지 않았다.

3.2이닝 7피안타 4실점.

올 시즌 오타니 쇼헤를 제치고 매리너스의 에이스가 되겠다고 호언장담했던 것과는 다소 거리가 있는 피칭이었다.

뒤이어 등판한 불펜 투수들까지 추가로 2점을 더 내주며 미국 대표팀의 실점은 9점까지 늘어났다. 이번 WBC 최다 실점을 준결승전에서 기록하게 된 것이다.

그러나 최종적으로 결승에 오른 팀은 9점을 뽑아낸 쿠바가 아니라 미국이었다.

13안타 8사사구 13득점.

놀랍게도 마운드 싸움이 아니라 힘 싸움에서 미국이 쿠바를 이겨 버렸다.

그렇게 한국 대 미국, 미국 대 한국이라는 결승전 대진이 완성됐다.

144장
투혼(2)

한국과 미국의 결승전 맞대결은 어느 정도 예상이 되었던 일이었다. 하지만 막상 경기 결과가 알려지자 한국은 미국 전역이 뜨겁게 달아올랐다.

ㄴ와, 진짜 이렇게 될 줄은 전혀 예상 못 했다. 그러니까 한정훈이 미국 대표팀을 상대로 나온다는 거 아냐?

ㄴ난 예상했는데?

ㄴ나도.

ㄴ딱 보면 알지 않나?

ㄴ야, 너희들. 한국이 도미니카 공화국을 상대로 한정훈을 아낄 거라 여겼다고? 어디서 거짓말이야?

└솔직히 도미니카 공화국이 일찌감치 경기를 포기한 것 때문에 한정훈이 50구 이전에 경기를 마무리 지을 수 있었던 거라고. 이건 전문가들조차 예상하지 못한 일이야.

└그런데 이틀 쉬고 등판인데, 괜찮을까?

└한정훈이라면 괜찮을 거야. 다만 오래는 못 던지겠지.

└어쨌든 양키즈 팬으로서 불안하다. 한정훈 이러다 탈이라도 나면 큰일인데.

야구팬들은 모였다 하면 한정훈을 입에 올렸다.

한미 올스타전이 다시 파행을 겪으며 한동안 보지 못할 거라 여겼던 한정훈과 미국 대표팀 간의 경기가 현실로 다가왔으니 다들 기대감을 감추지 못하는 모습이었다.

방송사들은 한술 더 떴다. 아예 대놓고 '한정훈 vs 미국 대표팀'이라는 자극적인 타이틀을 걸어놓고 시청자들의 관심을 잡아끌었다.

"개인적으로는 다행이라고 생각합니다. 메이저리그, 아니, 세계 최고의 투수라 해도 과언이 아닐 한정훈이 결승전에 등판하지 못하는 건 모두에게 손해니까요."

"만약 한국 대표팀에 한정훈을 대체할 만한 투수가 한 명이라도 더 있었다면, 한정훈은 오늘 경기를 대비했을 겁니다."

"대회 흥행을 위해서도 좋은 일이지요. 한정훈과 미국 대표팀. 이보다 더 확실한 흥행 카드가 어디 있겠습니까?"

"벌써 결승전 티켓이 매진이라고 하니까요. 하하. 시즌이 시작되기도 전에 갑자기 월드 시리즈가 열린 것 같은 기분입니다."

전문가들은 한목소리로 한정훈의 결승전 등판을 반겼다.

WBC 결승전에서 최고의 투수인 한정훈과 최고의 팀인 미국 대표팀이 맞붙는다는 사실만으로도 전 세계 야구팬들의 이목을 집중시키기에 충분해 보였다.

하지만 경기 전망에 있어서는 다소 의견이 갈렸다.

"한정훈이 선발 등판할 가능성은 적어 보입니다. 경기 중반, 혹은 경기 후반에 한두 이닝 정도를 책임지려 하겠죠."

"한국 대표팀의 선발 카드는 이승민이나 성진우, 둘 중 하나일 겁니다. 그리고 미안한 이야기지만 둘 중 누가 나온다 해도 미국 대표팀 타자들을 막지 못할 겁니다."

"경기 초반에 미국 대표팀이 점수를 뽑아내면 쉽게 경기를 풀어갈 수 있습니다. 한국 대표팀이 부랴부랴 한정훈을 내보내더라도 경기 결과 자체가 달라지진 않겠죠."

"너무 속 편한 소리만 하는데, 한정훈이 선발로 나올 가능성도 생각해 봐야 합니다."

"제 생각도 같습니다. 한국 대표팀이 한정훈을 고작 불펜으로 써먹기 위해 일찍 강판시켰다고는 생각되지 않습니다."

"선발로 나올 가능성이 큽니다. 다만 몇 이닝을 버티느냐가 관건이겠죠."

"한정훈은 48구를 던지고 이틀을 쉬었습니다. 결승전이라고는 하지만 시즌 개막을 코앞에 둔 한정훈이 오랜 이닝을 책임질 것 같지 않습니다."

"한정훈 이외의 투수로는 미국 대표팀 타선을 막아내기가 쉽지 않다는 것쯤은 한국 대표팀이 더 잘 알 겁니다. 결승전이에요. 지면 끝이라고요. 상식이 통하길 바라는 건 난센스입니다."

전문가들은 한정훈이 언제 등판할지를 놓고 갑론을박을 벌였다.

한국 대표팀이 한정훈을 상식선에서 활용할 거란 의견이 조금 더 많았지만, 결승전인 만큼 한국의 우승을 위해 한정훈이 헌신할 거란 의견도 만만치 않았다.

하지만 그날 저녁, 한국 대표팀이 결승전 선발투수를 발표하면서 불필요한 논란은 끝이 났다.

[한정훈, 결승전 선발 등판한다!]

[한국 대표팀 한정훈 카드 통해 우승 노린다!]

언론은 앞다투어 한정훈의 선발 등판 사실을 전했다. 당연히도 미국의 여론은 부정적으로 돌변했다.

ㄴ제정신이야? 한정훈이 선발이라니?

ㄴ한국은 우승에 미친 게 틀림없어. 우승 때문에 선수가 망가지든 말든 상관하지 않는 거라고!

ㄴ한국을 WBC에서 퇴출시켜야 해! 한정훈 같은 선수를 보호해 주지 못하는 팀은 WBC에 참가할 자격이 없다고!

대다수 야구팬은 한정훈의 선발 등판은 말도 안 된다고 성토했다. 심지어 한국 야구팬들조차 한정훈을 희생시켜 우승하겠다는 대표팀의 발상을 강하게 비판했다.

ㄴ어떤 미친 새끼 아이디어냐? 협회냐? 아니면 김인선이냐?

ㄴ진짜 김인선 감독 그렇게 안 봤는데 이러려고 대표팀 맡은 거냐?

ㄴ와, 진짜 어처구니가 없네. 설마 선발은 아니겠지 했는데 대놓고 선발이야.

ㄴWBC에서 투수 투구 수 제한을 왜 뒀는지 단 한 번이라도 진지하게 생각해 봤다면 이런 짓은 못 할 거다. 진짜 같은 한국인으로서 창피하다.

전 세계적으로 비난 여론이 확산되자 한국 대표팀도 당혹감을 감추지 못했다.

"뭐야? 대체 뭐가 문제라는 거야? 포스트시즌에서 종종 사용하는 방법이잖아?"

"그러게나 말입니다. 솔직히 이 정도로 욕먹을 일은 아닌 거 같은데 말이죠."

"젠장. 선발 하나 끼워 넣으면 위장 선발이었다고 난리 칠까 봐 일부러 선발로 내세웠더니 원……."

"지금이라도 이승민을 선발로 내세울까요?"

"그렇다고 뭐가 달라지겠어?"

김인선 감독과 이선철 수석 코치는 그저 눈앞의 우승만을 생각했다.

전 세계 야구팬들이 한정훈이 건강하게 시즌에 임해 올 시즌에도 아메리칸리그 사이영상과 MVP를 휩쓸길 바란다는 건 조금도 신경 쓰지 않았다.

그렇다고 인제 와서 선발 발표를 번복할 수는 없는 노릇이었다.

"정훈이 좀 설득해 봐."

"제, 제가요?"

"잘 달래서 인터뷰 한번 하라고 해. 국가를 위해서 헌신하겠다고 말하면 정훈이에게도 좋은 일이잖아. 안 그래?"

김인선 감독은 이선철 코치에게 뒤처리를 떠넘겼다.

어차피 이번 WBC에서 우승하면 미련 없이 대표팀을 떠날 생각이었다. 그리고 분위기상 그다음 국가대표 감독직은 수석 코치였던 이선철에게 돌아갈 가능성이 컸다.

"하아…… 알겠습니다."

이선철 코치도 어쩔 수 없다며 고개를 끄덕였다. 그리고 조심스럽게 한정훈에게 면담을 요청했다.

다행히도 한정훈은 큰 불만 없이 면담을 받아들였다.

"정훈아, 컨디션은 좀 어떠니?"

"나쁘진 않습니다."

"미안하다. 네 의사부터 물어보고 결정했어야 했는데……."

이선철 코치는 일단 사과부터 했다. 준결승전에서 한정훈을 5회에 강판시킨 거야 전략적인 선택이었다 치더라도 당사자에게 한마디 상의조차 없이 결승전 선발로 발표한 건 무례한 처사였다.

"괜찮습니다."

한정훈이 가볍게 웃어 보였다. 준결승전에서 일찍 마운드를 내려온 순간부터 어쩌면 결승전에 선발로 나서게 될지 모른다고 각오는 하고 있었다.

다만 대표팀의 일방적인 일 처리 방식은 마음에 들지 않았다. 형식적으로나마 먼저 의사를 물어보았다면 얼마든지 받아들였을 텐데 마치 자신의 애국심을 믿지 못하는 것 같아 씁쓸함이 컸다.

"너한테는 면목이 없다. 그래도 어쩌겠니. 기왕 이렇게 된 거 잘 풀어가야지."

이선철 코치가 한정훈을 살살 달랬다. 그러면서 넌지시 인터뷰 이야기를 꺼냈다.

"그러니까 제가 결승전 선발 등판을 원했다고 이야기해 달라는 말씀이죠?"

"어렵겠니? 직접 말하기 번거롭다면 에이전트를 통해서 말해줘도 상관은 없다만……."

"하아, 알겠습니다. 그렇게 할게요."

한정훈이 무겁게 한숨을 내쉬었다. 그러자 이선철 코치가 한정훈의 손을 꽉 움켜잡았다.

"그래. 고맙다, 정말 고맙다."

방문을 나서며 이선철 코치는 안도의 한숨을 내쉬었다. 한정훈을 잘 다독여 놓았으니 자신이 지휘권을 잡을 다음번 국가 대항전 때도 별문제 없이 한정훈과 함께할 수 있을 거라 여겼다.

하지만 한정훈은 더 이상 의무만을 강요당하는 국가대표로 뛰고 싶지 않았다.

"아, 대표님. 저 한정훈입니다. 네, 재계약 관련해서 드릴 말씀이 있는데요. 하하. 베이스 볼 61과 재계약 말고요. 양키즈와 재계약이요. 네."

텅 빈 방 안에서 한정훈의 통화 소리가 한참이나 이어졌다. 그리고 잠시 후.

[한정훈, 결승전 선발 등판 원했다.]

베이스 볼 61을 통해 해명 기사가 흘러나왔다.

협회 측 기자들은 기다렸다는 듯이 기사 내용을 옮겨 적었다.

한정훈이 자발적으로 결승전 선발에 나가길 바랐으며 협회와 대표팀은 그 결정을 존중한 것밖에 없다고 비난 여론을 잠재우려 했다.

하지만 한정훈 전문 기자로 활약해 온 최일식이 대놓고 '한정훈이 결승전 선발에 등판하길 원했다고? 과연 누구의 말이 옳을까?'라는 표적 기사를 올리면서 상황은 걷잡을 수 없이 변했다.

최일식은 기사를 통해 한정훈은 원래부터 결승전 선발로 나가길 원했으며 설사 준결승전에서 한국 대표팀이 패배하더라도 겸허하게 받아들일 생각이었다고 밝혔다.

아울러 앞서 등판한 준결승전에서도 대표팀의 에이스로서 그 경기를 온전하게 책임지고 싶어 했을 거라며 메이저리그 최고의 투수로 활약 중인 한정훈을 마치 도구 취급하는 한국 대표팀의 투수 운용법을 날카롭게 꼬집었다.

당연하게도 협회는 최일식의 주장에 반박 의견을 내놓았다. 한 개인의 사견일 뿐이라며 사실과는 전혀 다르다고 흥분을 감추지 못했다.

몇몇 협회 쪽 언론사는 익명의 대표팀 관계자를 등장시켜 가며 부정적인 여론 때문에 대표팀 분위기가 좋지 않다는 기사를 써내기까지 했다.

그러나 대중도 바보는 아니었다.

ㄴ지금 장난하냐? 이걸 지금 물타기 기사라고 내놓는 거야?

ㄴ와, 진짜 인간들 해도 너무하네. 일은 자기들이 저질러 놓고 한정훈한테 뒤집어씌우는 거냐?

ㄴ대표 선수로서 희생할 수 있다고? 진짜 한정훈한테 애국심 강요하지 마라. 한정훈만큼이나 국위선양에 힘쓴 스포츠 선수가 누가 있는데? 뉴욕 타임즈 기사 못 봤냐? 한정훈 때문에 한국에 대한 미국인들의 이미지가 얼마나 좋아졌는지 알기나 하는 거냐?

ㄴ야구 모르는 것들은 포스트시즌 때도 써먹는 투수 기용법이라는 엿 같은 소리 하지 마. 그건 시즌이 끝난 다음에 휴식기를 앞두고 있으니까 선수들이 투혼을 불사르는 거지. 시

즌은 시작도 안 했는데 선수 혹사시키는 나라가 우리나라 말고 또 어디 있냐?

ㄴ상식적으로 준결승전에서 선발 등판한 투수가 이틀 만에 결승전에 선발로 나간다는 게 현대 야구에서 말이 되는 소리냐?

ㄴ내 장담하건대 이번 대회 끝나면 한정훈 룰 새로 생긴다. 선발 등판한 투수는 다음 경기 선발 등판 금지 이런 거.

ㄴ차라리 우승 욕심나서 그랬다고 해. 그게 덜 추하니까.

좀처럼 끊이질 않는 비난에 한국 대표팀 선수단의 분위기도 급격히 가라앉았다. 일부 선수는 생각 없이 한정훈을 탓하기도 했다.

하지만 박병훈을 비롯한 고참급 선수들이 나서며 쓸데없는 잡음을 최소화했다.

"정훈이는 WBC 안 왔어도 잘 먹고 잘살았을 거다. 그런 녀석이 뭐가 아쉬워서 결승전 선발을 받아들였겠냐?"

"진짜 너희도 대표 선수라면 부끄러운 줄 알아라. 우린 지금 정훈이 없이는 우승도 못 하는 놈들이 된 거야. 그런데 우리마저 정훈이를 욕해?"

"혹시라도 이 일이 정훈이 때문이라고 생각하는 놈들은 그냥 대표팀 나가라. 내일 쓸데없이 사고 치지 말고."

“WBC 우승해서 정훈이가 얻을 게 많을 것 같냐 아니면 우리가 얻을 게 많을 것 같냐?”

“양키즈가 이번 월드 시리즈에서 정훈이 어떻게 대했는지 보면 모르냐? 우승하면 천문학적인 돈이 떨어지는 게 메이저리그야. 그런 곳에서도 한정훈이라는 선수 자체를 존중하고 보호하기 위해 휴식일을 다 챙겨줬다고. 그런데 우린 뭐 하는 거냐?”

“우린 아무 잘못 없다는 그만 소리 마라. 우리 모두 공범이야, 우승하고 싶어서 정훈이 희생시키는 공범이라고.”

“그러니까 양심이 있으면 내일 어떻게든 이기려고 이 악물어라. 진짜 최대한 빨리 점수 뽑아서 정훈이 쉬게 해주는 게 우리가 할 수 있는 유일한 보답이니까.”

어수선한 분위기 속에 하루가 지났다. 그리고 결승전 당일이 찾아왔다.

145장

투혼(3)

"한정훈이 누구인지에 대해서 설명이 필요한 사람 있나?"

짐 랜드 감독이 선수들을 둘러보며 물었다.

순간 선수들의 표정이 딱딱하게 굳어졌다.

아메리칸리그 사이영상 3연패, MVP를 2연패 한 현 메이저리그 최고의 투수, 아울러 한국 대표팀의 에이스.

한때 클레이튼 커셔가 차지했던 현 지구상 최강의 투수.

그 이름만으로도 천하의 미국 대표팀이 조용해졌다.

"너무 긴장들 하지 마라. 한정훈도 인간이다. 이틀 전에 공을 던졌으니 컨디션이 정상은 아닐 거야. 그렇다고 한정훈을 만만하게 보진 않았으면 좋겠다. 나는, 여기 있는 선수들이 힘을 합친다면 한정훈을 충분히 이겨낼 수 있다고 확신하니까.”

짐 랜드 감독은 구체적인 지시를 자제했다. 하나같이 메이저리그에서 최고를 다투는 선수들이 모인 자리다. 굳이 자질구레하게 설명하지 않아도 스스로 알아서 한정훈을 공략해낼 것이라 믿었다.

한편으로는 오늘이야말로 한정훈의 아성을 무너뜨릴 기회라 여겼다.

‘현 대표팀은 메이저리그 최고 수준의 타선이다. 한정훈의 컨디션을 감안했을 때 5이닝을 버티기 어려울 거야.’

짐 랜드 감독은 한정훈의 한계 투구 수를 70구 정도로 예상했다. 준결승전에서 전력으로 48구를 던졌던 만큼 늦어도 70구 전후로 구속과 구위 하락이 찾아올 것이라고 여겼다.

대부분 투수가 이닝당 평균 15구를 던진다고 감안했을 때 4회가 끝날 무렵이면 60구가 된다.

경기 초반이야 한정훈의 투지에 밀리더라도 4회나 5회가 되면 타자들도 어느 정도 한정훈의 공이 눈에 익을 터.

짐 랜드 감독은 그때가 경기를 잡을 수 있는 절호의 기회라고 판단했다.

그러나 한정훈을 잘 알고 있는 타자들의 생각은 달랐다.

“무슨 작전인 거야? 그러니까 한정훈의 투구 수를 늘리란 소리야?”

"그건 아닌 거 같은데?"

"그럼? 알아서 한정훈을 공격하라고? 진심으로?"

"아무래도…… 감독님은 한정훈을 평범한 투수의 범주에 놓고 생각하고 있나 봐."

마이크 러셀과 마이크 트라우스가 무겁게 한숨을 내쉬었다.

내셔널리그 타자들은 해볼 만하다고 생각할지 모르겠지만 아메리칸리그에서 지난 3년간 한정훈에게 철저하게 당해온 타자들은 한정훈의 저력을 누구보다 잘 알고 있었다.

그건 양키즈 선수들도 마찬가지였다.

"아까 감독이랑 코치랑 이야기하는 거 들어보니까 5회 어쩌고 하던데?"

"5회? 설마 5회쯤 정훈이 지칠 거라고 생각하는 건가?"

"내 생각에 감독은 한정훈에 대한 데이터를 대충 본 게 확실해. 이번 WBC에 참가하기 위해 휴식도 반납하고 훈련에 매진했는데 한정훈이 결승전에 그리 쉽게 지칠 리 없잖아. 안 그래?"

"하아, 제이크. 네 말이 맞긴 한데……. 목소리 좀 낮춰. 어쨌든 우린 미국 대표고 정훈은 우리가 쓰러뜨려야 할 상대라고."

"쓰러뜨려? 누구를? 정훈을? 하하. 그린, 농담으로 하는 말이지?"

"후우……."

"진짜 그럴 생각이라면 각오 단단히 해야 할걸? 너는 자체 청백전 때도 정훈의 편에서 뛰니까 잘 모르겠지만…… 아니다, 오늘 경기를 통해 정훈과 같은 팀에서 뛰는 게 얼마나 행복한 일인지 깨닫는 것도 나쁘지 않겠지."

같은 양키즈 소속이지만 그린 버드는 제이크 햄튼의 말뜻을 완전히 이해하지 못했다. 그저 한정훈이 국가 대항전에서만큼은 봐주지 않고 공을 던질 거라는 정도로만 이해했다.

하지만 2회 말, 선두 타자로 첫 타석에 들어서고서야 한정훈을 적으로 상대한다는 게 어떤 건지 뼈저리게 느낄 수 있었다.

후앗!

한정훈의 손끝을 빠져나온 새하얀 공이 대번에 몸 쪽으로 날아들었다. 그것도 그린 버드가 가장 좋아하는 벨트 윗선으로 파고드는 꽉 찬 코스였다. 타이밍만 맞는다면 투수가 누구든 담장 밖으로 넘겨 버릴 자신이 있다던 바로 그 공이었다.

그러나 그린 버드는 방망이를 내밀지 않았다. 아니, 내밀 생각조차 하지 못했다. 설마하니 한정훈이 초구부터 이런 공을 던질 거라고는 예상하지 못한 반응이었다.

'……실투였나?'

속으로 고개를 갸웃거리던 그린 버드가 다시 방망이를 들어 올렸다. 그 순간.

후앗!

또다시 같은 코스로 공이 날아들었다.

'크윽!'

뒤늦게 한정훈의 속내를 알아챈 그린 버드가 이를 악물며 방망이를 내돌렸다. 하지만 마지막 순간 살짝 꺾여 들어간 공은 손잡이 안쪽에 걸려들었다.

파앗!

뭔가 깨지는 듯한 소리와 함께 손잡이와 방망이가 두 동강이 났다. 동시에 그린 버드의 얼굴도 와락 일그러졌다.

포심 패스트볼이라 확신했는데 커터가 들어왔다. 1루에서서 한정훈의 공을 수도 없이 지켜봤는데도 감쪽같이 속고 말았다.

"으이그, 저 멍청이."

더그아웃에서 그 모습을 지켜보던 제이크 햄튼이 한심스러운 표정을 지었다. 한정훈을 적으로 돌려놓고 존중과 배려를 바라다니. 이보다 더 멍청한 짓은 없었다.

청백전에서 적으로 만난 한정훈은 인정사정 봐주지 않는 투수였다. 애당초 그 정도로 마음이 약했다면 지금의 위치에 올라서지도 못했을 것이다.

"그린! 뭐 하는 거야!"

"한 방 날려 버리라고!"

한정훈에 대해 잘 모르는 내셔널리그 선수들이 크게 소리쳤다. 그러나 제이크 햄튼을 비롯해 한정훈에게 철저하게 당해온 선수들은 하나같이 고개를 흔들었다.

'끝났군.'

'삼진이야, 저건.'

엇갈린 전망 속에 한정훈이 3구를 내던졌다. 그리고.

퍼엉!

"스트라이크, 아웃!"

그린 버드가 허무하게 고개를 떨어뜨렸다.

—한정훈, 무섭습니다.

—네, 정말 무서운 투수입니다. 양키즈의 에이스가 양키즈의 4번 타자를 3구 삼진으로 잡아냅니다.

—이벤트 경기에서 이런 결과가 나왔더라도 그린 버드 입장에서는 조금 기분이 나빴을 것 같은데요.

—조금이 아니라 엄청 기분 나쁠 겁니다. 한정훈이 초구부터 때려볼 테면 때려보라며 공을 던졌으니까요. 솔직히 말해서 지금 메이저리그에서 그린 버드에게 대놓고 승부를 걸 만한 투수가 몇 명이나 있을까요.

—거의 없겠죠. 그린 버드가 극심한 슬럼프라면 또 모르겠

지만 이번 대회에서만 5개의 홈런포를 쏘아 올렸으니까요.

–그런 그린 버드를 상대로 한정훈은 단 하나의 공도 버리지 않았습니다. 전부 스트라이크존에 꽂아 넣었죠. 그리고 그린 버드는 꼼짝을 하지 못했습니다.

–듣고 보니 더 무서워졌습니다. 사흘 전에 5이닝을 투구한 투수가 맞나요?

–이게 바로 한정훈입니다. 그리고 이게 바로 한국 대표팀에서 비난을 각오하고 한정훈을 내세운 이유입니다.

콕스 TV 중계진의 극찬 속에 한정훈은 3이닝을 퍼펙트로 막아냈다. 휴식 기간이 이틀뿐이라서인지 확실히 구속은 조금 떨어져 있었다.

최고 구속 101mile/h(≒162.5㎞/h), 평균 구속 99mile/h(≒159.3㎞/h).

확실히 베스트 컨디션일 때의 한정훈과는 거리가 있었다. 그러나 미국 대표팀 타자들은 한정훈의 공에 타이밍조차 맞추지 못했다. 구속 저하를 무시할 만큼 한정훈이 능구렁이처럼 공을 던졌기 때문이다.

미국 대표팀은 한정훈이 에이스로서 오늘 경기에서 최대한 오랜 이닝을 소화하려 들 것이라 여겼다. 하지만 한정훈은 애당초 완투에 대한 욕심을 버린 지 오래였다.

결승전임에도 투구 수는 95구 제한이었다. 게다가 상대는 메이저리그 최고의 선수들을 불러 모은 홈팀 미국이었다.

구속과 구위가 떨어진 상황에서 미국 대표팀 타자들을 힘으로만 윽박질러서는 승산이 없었다. 그래서 한정훈은 박기완과 타자들의 약점을 철저히 공략하기로 이야기를 마쳤다.

한정훈은 그 과정에서 투구 수가 늘어나더라도 어쩔 수 없다고 여겼다.

그런데 정작 3회까지 투구 수는 31구밖에 되지 않았다. 한정훈의 공격적인 패턴에 대비했던 메이저리그 타자들이 너무나 성급하게 방망이를 휘둘렀기 때문이다.

반면 미국 대표팀의 선발투수인 노아 선더가드는 제구력 난조로 인해 고전하고 있었다.

이번 대회 내내 공이 높다는 지적이 있었지만, 결승전에서의 공은 대부분 타자들의 벨트 높이 위쪽에서 형성됐다.

그리고 그중 절반이 볼 판정을 받았다. 그 공을 한국 대표팀 타자들은 철저하게 걸러내며 버텼다.

노아 선더가드가 3이닝 동안 던진 공은 무려 57구.

피안타는 단 하나도 없었지만, 사사구만 4개를 기록했다.

다행히 한국 대표팀 타자들이 적시타를 때려내지 못하면서 스코어는 0 대 0을 유지했지만 페코 파크에 모여든 관중의 표정은 딱딱하게 굳어진 지 오래였다.

은연중에 미국 대표팀의 승리를 바라던 콕스 TV 중계진들도 답답하긴 마찬가지였다.

–아아, 노아 선더가드. 또다시 볼넷을 내줍니다. 오늘 경기 5번째 볼넷입니다.

–볼카운트가 너무 불리했습니다. 강준호를 상대로 투 볼에서 시작한 것부터가 문제였습니다.

–짐 랜드 감독, 결국 마운드에 올라가는데요. 투수를 바꿀까요?

–노아 선더가드의 투구 수에 여유가 있고 한국 대표팀이 하위 타선으로 이어지는 만큼 투수를 교체하지는 않을 것 같습니다. 하지만 이런 식으로는 곤란합니다. 노아 선더가드, 자신만의 밸런스를 되찾을 필요가 있습니다.

콕스 TV 중계진의 우려 속에 마운드를 방문한 짐 랜드 감독은 노아 선더가드의 어깨를 두드린 뒤 다시 더그아웃으로 몸을 돌렸다. 마운드 주변에 모여들었던 선수들도 저마다 한 마디씩 건네며 노아 선더가드를 다독였다.

하지만 그 효과는 크지 않았다.

따악!

6번 타자 김현우가 한복판으로 몰려 들어온 노아 선더가드의 초구를 힘껏 잡아당겨 담장을 넘겨 버린 것이다.

천천히 그라운드를 돈 김현우가 홈 플레이트를 밟으며 전광판의 점수가 2 대 0으로 변했다.

그사이 페코 파크는 깊은 침묵 속에 빠져들었다.

―오리올스의 김현우가 한복판으로 들어오는 공을 망설이지 않고 때려냈습니다.

―명백한 실투였죠. 구속은 나쁘지 않았습니다만 김현우는 메이저리그 10년 차 선수입니다. 이런 공을 놓칠 리 없죠.

―오리올스가 속해 있는 아메리칸리그 동부 지구는 97mile/h(≒156.1㎞/h) 이상의 빠른 공을 던지는 투수가 가장 많은 곳입니다. 양키즈의 한정훈과 하리모토 쇼타, 테너 제이슨. 레드삭스의 에두아르 로드리게스와 로이 윌슨, 대런 모렐라. 블루제이스의 게리 차일드와 배런 산체스까지 대충 생각나는 이름만 해도 이렇게나 많습니다.

―김현우는 이들과 매해 싸워오고 있습니다. 당연히 빠른 공에 강점을 보일 수밖에 없죠.

콕스 TV 중계진은 노아 선더가드의 성급한 승부가 아쉬웠다고 입을 모았다. 다른 선수도 아니고 메이저리그에서 잔뼈가 굵은 김현우를 상대로 한복판 포심 패스트볼을 던진 건 실투 여부를 떠나 바보 같은 짓이었다.

적어도 이 무대가 WBC 결승전이라는 사실을 인식했다면 조금 더 침착하게 공을 던질 필요가 있었다.

"하아, 미치겠군."

짐 랜드 감독도 손으로 이마를 짚었다. 타자들이 한정훈을 전혀 공략하지 못하는 상황에서 선취점을, 그것도 홈런을 통해 내줬으니 그저 한숨만 흘러나왔다.

"투수를 바꿔야 할까요?"

레리 블레어 벤치 코치가 조심스럽게 입을 열었다. 아직 투구 수에 여유가 있긴 하지만 여기서 더 이상 점수를 내준다면 오늘 경기가 힘들어질 수 있었다.

그러나 짐 랜드 감독은 이내 고개를 흔들었다.

"하위 타선이니까 선더가드에게 맡기자고."

이제 고작 4회 초였다. 아웃 카운트 하나 잡지 못한 상황에서 선발투수 노아 선더가드를 내리는 건 나름 명장 소리를 듣는 그의 자존심이 허락지 않았다.

"그럼 나가서 흥분 좀 가라앉히고 오겠습니다."

고령의 짐 랜드 감독을 대신해 레리 블레어 코치가 마운드로 향했다.

"젠장할!"

레리 블레어 코치의 모습을 확인한 노아 선더가드가 신경

질적으로 마운드를 걷어찼다. 그러고는 매서운 눈으로 더그아웃으로 들어가는 김현우를 노려보았다.

페코 파크를 가득 채운 관중을 의식해 김현우는 별다른 홈런 세리머니를 펼치지 않았다. 하지만 대표팀 선수들은 끝내기 홈런이라도 나온 것처럼 김현우를 격렬하게 반겼다.

"현우 형! 잘 했어요!"

한정훈도 자리에서 일어나 김현우에게 주먹을 내밀었다.

"나 이제 밥값 한 거지?"

김현우도 씩 웃으며 한정훈과 주먹을 부딪쳤다. 이번 대회에서 이렇다 할 활약을 펼치지 못해 마음고생이 심했는데 이제야 좀 홀가분해진 기분이었다.

"이제 됐어."

긴장 어린 눈으로 경기를 지켜보던 김인선 감독도 이내 가슴을 쓸어내렸다.

선두 타자인 강준호가 출루하자 일부 코치는 대타를 내보내야 한다고 말했다. 김현우보다는 발 빠르고 작전 수행 능력이 좋은 선수를 내보내 1루 주자를 2루까지 보내야 한다고 주장했다.

하지만 김인선 감독은 고개를 저었다. 설사 주자를 2루까지 진루시킨다 해도 득점할 가능성은 적다고 판단했다.

7, 8, 9번 하위 타선은 앞선 타석 때 노아 선더가드의 공에

전혀 타이밍을 맞추지 못했다.

반면 김현우는 달랐다. 타격감이 좋은 건 아니지만 노아 선더가드의 공에 쉽게 현혹되지 않았다.

김인선 감독은 김현우의 경험을 믿고 강공으로 밀어붙였다. 그리고 그 믿음에 보답하듯 김현우는 선제 투런 포를 날리며 경기 분위기를 완전히 한국 대표팀 쪽으로 가져왔다.

이제 남은 건 지금의 리드를 경기가 끝날 때까지 지키는 것뿐이었다.

"정훈이가 오늘 경기를 책임질 수 있을까?"

김인선 감독이 이선철 수석 코치를 바라봤다.

"6회 정도가 한계가 아닐까 싶습니다."

이선철 코치가 솔직하게 대답했다. 투구 수만 놓고 보자면 9이닝까지 마운드에 오르는 게 가능했지만, 준결승전에 등판했던 걸 감안하면 60구 전후에서 끊어주는 편이 좋을 것 같았다.

하지만 김인선 감독은 한정훈을 일찍 내릴 생각이 전혀 없었다.

"두 점의 점수 차이가 넉넉해 보이는 건 정훈이가 있기 때문이야. 투수가 바뀌면 두 점이 아니라 열 점을 뽑아낸다 해도 오늘 경기를 장담할 수 없다고."

경기가 시작되기 전 김인선 감독은 두 가지 상황을 고려했다.

하나는 한정훈이 마운드에서 내려간 다음에 리드를 잡는 경우.

다른 하나는 한정훈이 마운드에서 버텨주고 있을 때 리드를 잡는 경우.

전자는 계산법이 복잡했다. 몇 점 차이인지 타순이 어떻게 되는지 전부 고려한 다음에 투수를 운용할 수밖에 없었다.

하지만 후자라면 간단했다.

한정훈을 최대한 오래 끌고 간다.

이것 이외에 한국이 이길 방법은 없었다.

"정훈이한테 8회 까지만 부탁한다고 전해 줘."

"8회요?"

"그래, 남은 한 이닝 정도는 남은 투수들로 어떻게든 막아내 볼 테니까. 알았지?"

김인선 감독의 생각은 간단했다. 한정훈이 지금까지처럼 퍼펙트 피칭을 이어간다고 가정했을 때 8회 미국 대표팀 타선은 4, 5, 6번이다.

양키즈의 4번 타자 그린 버드.

양키즈의 5번 타자 제이크 햄튼.

로키스의 4번 타자 놀란 아레나스.

이들을 힘으로 압도할 수 있는 투수는 대표팀에 오직 한정훈뿐이었다.

하지만 7번 이후로는 충분히 해볼 만한 선수들이었다. 메이저리그를 대표하는 선수들이긴 했지만, 파괴력 면에서 중심 타선에 미치지 못했다.

김인선 감독은 가급적이면 한정훈이 이 중심 타선까지 어떻게든 막아내 주길 바랐다. 그렇게만 해준다면 전 국민이 고대하던 WBC 첫 우승도 충분히 가능할 것 같았다.

"하아, 알겠습니다."

이선철 코치가 마지못해 고개를 숙였다. 지금 상황에서 김인선 감독에게 무슨 말을 한들 제대로 전해질 것 같지가 않았다.

그렇다고 모든 책임을 자신이 뒤집어쓸 생각은 추호도 없었다.

"정훈아, 컨디션은 괜찮니?"

"네."

"언제까지 던질 수 있겠니? 감독님은 내심 8회까지 던져 주길 바라시더라만……."

이선철 코치가 넌지시 김인선 감독의 의중을 전했다. 그러자 옆에 앉아 있던 박기완이 말도 안 된다며 눈을 부릅떴다.

'8회라니! 이게 무슨 말 같잖은 소리야? 아무리 정훈이가 젊다고 해도 적당한 시점에 바꿔주는 게 맞는 거잖아!'

박기완은 입 밖으로 터져 나오려는 말을 애써 되삼켰다. 대신 단호한 표정으로 한정훈을 바라봤다.

하지만 한정훈은 그저 고개를 주억거리는 것으로 대답을 마쳤다.

2 대 0으로 어렵게 리드를 잡은 터라 한정훈도 우승을 포기하고 싶지 않았던 것이다.

"그래. 고맙다, 정훈아."

이선철 코치가 한정훈의 어깨를 툭툭 두드렸다. 그리고는 불펜에 전화를 넣어 7회부터 투수 교체에 대비하라고 지시했다.

"정훈이가 뭐래?"

"노력하겠답니다."

"그럼 됐어."

한정훈의 의사를 전해들은 김인선 감독이 만족스러운 표정을 지었다.

이선철 코치가 탐탁지 않은 눈으로 바라봤지만 애써 무시해 버렸다. 결승전까지 올라온 이상 우승 이외의 성적은 의미가 없었다.

두고두고 노욕을 부렸다며 욕을 들어먹어도 상관없었다. 자신은 물론이고 대표팀 선수들의 이력에 WBC 우승이라는 경력이 박힐 수만 있다면 이보다 더한 짓도 할 수 있을 것 같았다.

146장
투혼(4)

잠시 흔들렸던 노아 선더가드가 평정심을 되찾으며 한국의 4회 초 공격은 추가 득점 없이 끝이 났다.

그리고 1번 타순부터 시작되는 미국 대표팀의 4회 말 공격이 이어졌다.

"괜찮아! 할 수 있어! 충분히 역전시킬 수 있다고!"

짐 랜드 감독은 선수들을 불러 모아놓고 다시 한 번 파이팅을 외쳤다.

이번에도 별다른 작전 지시 같은 건 없었다. 미국 최고의 타자들을 데려다 놓고 지친 한정훈 하나 어쩌지 못해 작전을 거는 건 패배보다 더한 수치라고 여겼다.

하지만 미국 대표팀은 4회는 물론, 5회에도, 6회에도 한정훈에게 꽁꽁 틀어막혔다.

5번 타자 제이크 햄튼이 3루수 실책으로 출루한 걸 제외하고는 단 한 명의 타자도 안타나 사사구를 얻어내지 못했다. 심지어는 한정훈의 투구 수조차 늘리지 못했다.

6회까지 한정훈이 던진 공은 단 61구.

이닝당 평균 10.16구에 불과했다.

반면 미국 대표팀은 6회부터 불펜 투수를 올린 상태였다.

노아 선더가드에 이어 마운드에 오른 테너 제이슨은 박병훈부터 시작되는 중심 타선을 실점 없이 막아내고 타이안 워커에게 바통을 넘겼다.

타이안 워커도 7회를 삼자범퇴로 처리하고 실낱같은 희망을 되살렸다.

그렇게 7회 말 미국 대표팀의 공격이 시작됐다.

선두 타자는 브레이브스 하트.

내셔널스의 4번 타자이자 내셔널리그를 대표하는 타자였지만 강타자들이 즐비한 대표팀 특성상 2번 타순으로 전진 배치되어 있었다.

경기 전 짐 랜드 감독은 기자들과의 인터뷰에서 브레이브스 하퍼가 미국 대표팀에게 선취점을 안겨줄 것이라고 여겼다.

득점이든 타점이든 간에 브레이브스 하퍼가 한정훈을 무

너뜨리는 데 선봉에 설 것이라며 기대감을 감추지 않았다.

브레이브스 하퍼도 한정훈에게 호락호락 당하지 않겠다며 이를 악물었다. 하지만 정작 앞선 두 타석의 성적은 참혹하기만 했다.

첫 타석은 3구 삼진 아웃.

두 번째 타석은 바깥쪽으로 흘러나가는 2구째 J-스플리터를 건드려 유격수 땅볼 아웃.

총 5개의 공을 지켜보는 동안 브레이브스 하퍼는 단 한 번도 타이밍을 맞춰내지 못했다.

한창때보다 구속이 떨어졌다는 한정훈의 포심 패스트볼에 헛스윙을 연발하고 있으니 다른 구종에 대처할 여유 자체가 없었다.

그래서 브레이브스 하퍼는 독하게 마음을 먹었다.

'어떻게든 살아 나가야 해. 지금은 자존심을 세울 때가 아니라고.'

브레이브스 하퍼가 방망이를 힘껏 움켜쥐었다. 그 모습을 확인한 박기완이 초구에 몸 쪽으로 붙는 포심 패스트볼을 요구했다.

앞선 두 타석에서 살펴본 브레이브스 하퍼의 스윙은 시즌때만 못했다. 밸런스가 흐트러진 상태에서 마음만 앞서고 있으니 스윙이 퍼져 나왔다.

박기완은 몸 쪽 포심 패스트볼이라면 브레이브스 하퍼를 상대로 충분히 스트라이크를 빼앗아낼 수 있다고 여겼다.

사인을 확인한 한정훈도 가볍게 고개를 끄덕였다. 밤을 새워가며 미국 대표팀 타자들에 대해 분석한 박기완의 리드라면 믿고 따를 수 있다고 여겼다.

후앗!

한정훈의 손끝을 빠져나간 새하얀 공이 곧장 브레이브스 하퍼의 몸 쪽으로 날아들었다.

6회 이후 포심 패스트볼의 구속은 97mile/h(≒156.1㎞/h)까지 떨어져 있었다.

하지만 타석에 들어선 브레이브스 하퍼의 눈에는 100mile/h대의 공보다 훨씬 더 빠르게 느껴졌다.

퍼엉!

홈 플레이트 안쪽 끝을 파고든 공이 그대로 박기완의 미트 속에 파묻혔다.

"스트라이크!"

구심이 가볍게 오른손을 들어 올렸다.

"좋았어."

박기완이 고개를 주억거렸다. 원 스트라이크를 잡았으니 이제 계획대로 브레이브스 하퍼를 요리할 수 있을 것 같았다.

잠시 고심하던 박기완이 2구째 몸 쪽으로 휘어져 들어가는 체인지업을 요구했다.

지금까지 단 한 번도 보여준 적이 없으니 브레이브스 하퍼도 제대로 대응하지 못할 것이라고 판단했다.

한정훈은 이번에도 고개를 주억거렸다. 그리고는 있는 힘껏 공을 내던졌다. 그 순간.

딱!

브레이브스 하퍼가 자세를 낮추더니 1루 쪽으로 푸시 번트를 댔다. 그런데 그 타구가 교묘하게 오른쪽 파울 라인 안쪽을 따라 굴러갔다.

"내가 잡을게!"

베이스 선상에서 수비하고 있던 1루수 박병훈이 냉큼 앞쪽으로 달려 나왔다. 그사이 한정훈은 1루로 백업 플레이에 들어갔다.

잡아당기는 데 능한 브레이브스 하퍼의 타격에 대비해 깊숙이 수비를 하고 있던 2루수 안치홍이 1루로 달려오기에는 늦는다고 판단한 것이다.

평소 런닝과 수비 훈련을 꾸준히 해 와서인지 한정훈은 제법 여유롭게 1루에 도착했다. 그런데 박병훈이 단번에 공을 던지지 못했다. 타구가 워낙 라인에 치우쳐 있던 탓에 브레이브스 하퍼와 동선이 겹친 것이다.

그렇다고 선두 타자 브레이브스 하퍼를 이대로 살려줄 수는 없는 노릇이었다.

"형! 여기요!"

보다 못한 한정훈이 1루수처럼 발을 쭉 뻗어 손을 내밀었다. 그러자 박병훈이 냉큼 몸을 돌려 공을 던졌다.

펑!

박병훈의 송구가 브레이브스 하퍼보다 먼저 한정훈의 글러브 속에 파묻혔다. 하지만 한국 대표팀은 웃을 수가 없었다.

"으악!"

한정훈이 비명을 내지르며 그 자리에 쓰러져 버렸기 때문이다.

"오! 정훈! 괜찮아?"

전력을 다해 내달리다가 한정훈의 발끝을 밟고만 브라이브스 하퍼가 어쩔 줄을 몰라 했다.

평소 한정훈을 고깝게 여기긴 했지만, WBC 결승전에서 대놓고 한정훈에게 부상을 입힐 만큼 악감정이 있는 건 아니었다.

게다가 한정훈의 명성은 브레이브스 하퍼를 뛰어넘은 지 오래였다. 제아무리 브레이브스 하퍼가 다혈질이라 해도 뒷감당이 되지 않는 일을 자처할 리 없었다.

하지만 한국 대표팀 선수들은 브레이브스 하퍼가 고의로 한정훈의 다리를 노렸다고 여겼다.

"이 새끼야!"

"너 이리 와! 이리 와, 이 개새끼야!"

박병훈을 비롯해 강준호와 황철민 등 한정훈과 가깝게 지내던 선수들은 글러브를 내던지며 브레이브스 하퍼에게 달려들었다.

다른 선수들이 말려보려 했지만 소용없었다. 특히나 황철민은 브레이브스 하퍼의 얼굴에 주먹까지 휘두르려 했다.

그러자 미국 대표팀 선수들도 어쩔 수 없이 그라운드 밖으로 뛰어나왔다.

다른 선수도 아니고 메이저리그 최고의 투수라 불리는 한정훈이 부상을 입었다는 점에서 다들 적극적으로 나서지는 못했지만 그렇다고 대표팀 동료인 브레이브스 하퍼가 얻어맞는 꼴을 두고 볼 수는 없는 상황이었다.

-브레이브스 하퍼, 저건 아닙니다. 동업자 정신에 어긋나는 행동이었어요.

-어떻게든 출루를 하겠다는 브레이브스 하퍼의 의지는 높이 살 만합니다. 하지만 브레이브스 하퍼 정도 되는 타자라면 이런 상황에서 어떻게 베이스를 밟아야 하는지 누구보다 잘 알고 있을 겁니다. 조금만 더 침착했더라면 좋았을 텐데요. 정말 아쉽습니다.

—한국 대표팀이 흥분하는 것 충분히 이해가 갑니다. 다른 선수도 아니고 한정훈이에요. 이런 예를 들기는 그렇지만 만약 한국의 타자가 클레이튼 커셔에게 부상을 입혔다면 어땠을까요.

—끔찍한 비유네요. 아마 그랬다면 타자들은 방망이를 들고 나왔을지도 모릅니다.

—카메라에 한정훈의 모습이 보입니다. 아직까지 자리에서 일어나지 못하고 있는데요. 부상이 심각한 것일까요.

—아마 이 방송을 지켜보는 팬 중 상당수가 올 시즌에 한정훈을 보지 못할 수도 있다는 충격에 빠져 있을 겁니다. 하지만 진심으로…… 그런 불행한 일은 일어나지 않기를 바랍니다.

콕스 TV 중계진도 진심으로 한정훈을 걱정했다. 국가 대항전을 떠나 한정훈은 세계 최고의 투수였다. 한정훈이 없는 메이저리그는 상상조차 하기 어려웠다.

다행히도 한정훈은 십여 분 만에 자리에서 일어났다. 그러자 반대편에서 걱정스러운 얼굴로 한정훈 쪽을 바라보던 브라이브스 하퍼가 가장 먼저 다가와 손을 내밀었다.

"정훈, 정말 미안해. 하지만 일부러 그런 건 절대 아니야."

"내가 부주의했던 탓도 있으니까 신경 쓰지 마."

한정훈은 애써 웃으며 브레이브스 하퍼의 사과를 받아주었다. 농담이 아니라 브레이브스 하퍼가 정말로 한정훈을 망가뜨릴 생각이었다면 고작 발끝을 밟고 지나가진 않았을 것 같았다.

한정훈이 일어서면서 벤치 클리어링도 끝이 났다. 그런데 더그아웃으로 들어갈 것이라 여겼던 한정훈이 다시 마운드 쪽으로 걸음을 옮겼다.

"타, 타임!"

김인선 감독을 대신해 이선철 코치가 다급히 마운드로 뛰어올라 왔다.

"정말 괜찮은 거냐?"

"네, 아직은 괜찮습니다."

"무리하지 마라. 시즌은 시작도 안 했는데 부상이 심해지면 어쩌려고 그래?"

"그래도 이번 이닝까지는 막고 싶습니다."

"하아……."

한정훈의 고집에 이선철 코치가 고개를 흔들었다. 벤치 클리어링으로 인해 다음 투수를 준비할 시간을 번 만큼 투수를 바꿀 생각이었는데 정작 한정훈의 단호한 표정을 보니 그럴 수가 없을 것 같았다.

이선철 코치가 고개를 돌려 김인선 감독을 바라봤다. 그러자 김인선 감독이 기다렸다는 듯이 고개를 주억거렸다. 선수 본인이 괜찮다는데 여기서 굳이 한정훈을 내릴 필요는 없다고 판단한 것이다.

"조금이라도 이상하다 싶으면 다시 올라올 거다. 알았지?"

"네, 코치님."

"그래. 기완이 너도 리드 확실하게 하고."

이선철 코치는 박기완을 비롯해 내야수들을 차례로 독려한 뒤에 마운드에서 내려왔다.

그사이 3번 타자 마이크 트라우스가 타석에 들어섰다.

"후우……."

마이크 트라우스는 복잡한 눈으로 한정훈을 바라봤다. 한정훈과 마주한 매 순간 안타를 때려내길 바랐고 홈런을 치길 갈망했지만 이런 상황은 원치 않았다.

가뜩이나 이틀밖에 쉬지 못하고 마운드에 올라왔다가 부상까지 당한 한정훈을 상대로 안타나 홈런을 때려낸들 조금도 기쁘지 않을 것 같았다.

하지만 한정훈은 마이크 트라우스에게 동정을 받기 위해 마운드에 다시 올라온 게 아니었다.

후앗!

박기완의 사인을 확인하기가 무섭게 한정훈이 힘껏 공을 내던졌다.

디딤발을 내딛는 과정에서 얼굴을 일그러뜨리긴 했지만, 한정훈의 손끝을 빠져나간 공은 일말의 망설임도 없이 마이크 트라우스의 몸 쪽을 날카롭게 파고들었다.

퍼엉!

묵직한 포구 소리에 홀리듯 심판이 오른팔을 들어 올렸다.

흠칫 놀란 마이크 트라우스도 전광판을 바라봤다.

101mile/h(≒162.5㎞/h).

'허……!'

마이크 트라우스는 그저 헛웃음만 났다. 한정훈이 제대로 공이나 던질 수 있을까 걱정했는데 앞선 이닝보다 3mile/h이나 빠른 공이 초구부터 날아들었다.

'그래, 이게 한정훈이지.'

마이크 트라우스가 이내 쓸데없는 생각들을 털어내고 방망이를 움켜쥐었다. 그리고는 바깥쪽으로 도망치는 포심 패스트볼을 향해 매섭게 방망이를 휘돌렸다.

딱!

방망이 끝에 걸린 타구가 그대로 1루 쪽 관중석으로 휘어져 나갔다.

초구를 머릿속에 그리며 타이밍을 맞췄는데도 정작 공은

방망이 중심을 한참이나 벗어나 있었다.

투 스트라이크 노 볼.

"하아."

순식간에 궁지에 몰린 마이크 트라우스의 표정이 금세 굳어졌다. 바로 직전까지만 해도 우승 때문에 어쩔 수 없이 마운드에 오른 한정훈이 안쓰러웠는데 지금은 평소보다 더 얄밉기만 했다.

체력적인 부담과 부상을 딛고 자신에게 이런 말도 안 되는 공을 던진다는 사실이 그저 야속하게만 느껴졌다.

그런 마이크 트라우스를 향해 한정훈이 3구째 느릿한 커브를 내던졌다.

한정훈이 던지는 모든 구종을 통틀어 가장 안타를 때려낼 확률이 높은 구종이 바로 커브였다.

미국 대표팀 타자들이 한 마음으로 자신의 타석에 들어오길 바랐던 구종 역시 커브였다.

하지만 마이크 트라우스는 거의 한복판으로 날아드는 커브볼에 제대로 대응하지 못하고 헛스윙 삼진으로 물러나고 말았다.

—한정훈, 대단합니다. 두 개의 포심 패스트볼로 마이크 트라우스를 몰아넣은 뒤 한복판 커브볼로 삼진을 빼앗아 냈

습니다.

–정말…… 조금 전에 무슨 일이 벌어지긴 했는지 머릿속이 혼란스러울 지경입니다.

콕스 TV 중계진은 순식간에 부활한 한정훈에 당혹감을 감추지 못했다. 한정훈이 큰 부상이 아니길 바라긴 했지만 3번 타자 마이크 트라우스을 3구 삼진으로 돌려세우다니. 그야말로 할 말이 없어졌다.

혹시나 하는 기대감에 자리를 지켰던 관중들도 하나같이 고개를 흔들어 댔다.

"하아, 이건 못 이겨. 못 이긴다고."

"젠장, 한정훈을 꺾고 미국이 우승할 거라고? 대체 어떤 놈이 그따위 말을 지껄인 거야?"

술렁이는 분위기 속에 4번 타자 그린 버드가 타석에 들어왔다.

2사에 주자가 없는 상황에서 그가 노려야 하는 건 명확했다.

2루타 이상의 장타.

상대가 한정훈이라는 걸 감안하면 가급적 홈런을 때려줘야 했다.

그러나 그린 버드는 평범한 좌익수 플라이로 물러나고 말았다. 한정훈의 초구 포심 패스트볼에 현혹되어 2구째 들어온 바깥쪽으로 흘러나가는 J-스플리터를 건드리고 만 것이다.

"후우……."

쉽지 않은 이닝을 잘 넘긴 한정훈이 마운드에서 걸어 내려왔다. 왼발을 내디딜 때마다 인상을 쓰긴 했지만, 김인선 감독은 대수롭지 않게 넘겼다. 한정훈의 부상 정도가 그리 대단치 않다고 판단한 것이다.

8회 초 한국 대표팀의 공격이 삼자범퇴로 끝이 나자 김인선 감독은 다시 한정훈을 마운드에 올렸다. 이승민이 준비를 마친 상태였지만 투수 교체를 지시하진 않았다. 계획대로 아레나스까지는 한정훈으로 밀어붙이기로 마음먹은 것이다.

한정훈은 군말 없이 마운드에 올라 공 3개로 두 타자를 마무리 지었다.

5번 타자 제이크 햄튼에게는 초구에 가장 좋아하는 몸 쪽 포심 패스트볼을 붙여 3루 땅볼로 돌려세웠다. 제이크 햄튼이 이를 악물고 방망이를 휘돌려 봤지만, 구위를 이겨내지 못하고 방망이만 두 동강이 나고 말았다.

6번 타자 놀란 아레나스는 초구 포심 패스트볼을 보낸 뒤 2구째 체인지업을 노렸다. 하지만 공이 방망이 끝에 걸리면서 평범한 2루수 플라이에 그치고 말았다.

순식간에 두 개의 아웃 카운트가 올라가자 이선철 코치가 재빨리 마운드로 뛰어올라 왔다. 그러고는 한정훈에게서 정중하게 공을 건네받았다.

임무를 마친 한정훈이 천천히 마운드를 걸어 내려왔다. 그런 한정훈을 향해 페코 파크를 가득 메운 관중들이 기립박수를 보냈다.

—한정훈, WBC 역사에 길이 남을 위대한 피칭을 보여주었습니다.

—8회 투 아웃까지 스물네 명의 타자를 상대로 단 하나의 안타도, 사사구도 내주지 않았습니다.

—투구 수도 고작 70구밖에 되지 않았는데요. 부상만 없었다면 WBC 최초로 결승전에서 노히트노런을 달성했을지 모릅니다.

—이제 이번 대회에서는 더 이상 한정훈의 투구를 볼 순 없습니다. 그래도 아쉬워하긴 이릅니다. 어쩌면 경기는 지금부터가 시작일 테니까요.

콕스 TV 중계진은 내심 미국 대표팀의 반격이 시작되길 바랐다. 그러나 한정훈에 이어 마운드에 오른 이승민이 4개의 아웃 카운트를 어렵지 않게 잡아내며 2 대 0, 두 점 차 아슬아슬한 승리를 지켜냈다.

147장
쉬어가기

경기가 끝나고 얼마 지나지 않아 김인선 감독이 박병훈, 황철민을 대동하고 인터뷰 장소로 모습을 드러냈다. 그러자 기자들이 기다렸다는 듯이 질문을 토해냈다.

"감독님! 소감이 어떠십니까?"

"정말 좋습니다. 내 인생에 이렇게 좋은 날이 또 있을까 싶습니다."

"가장 강력한 우승 후보인 미국을 꺾었는데요. 이변인가요? 아니면 충분히 가능하다고 예상하셨습니까?"

"솔직히 좀 어렵지 않을까 싶었지만, 최선을 다하자고 말을 했었는데 결과가 좋았던 것 같습니다. 아울러 힘든 가운데서도 묵묵히 따라와 준 코치들과 선수들에게 고맙다는 말

전하고 싶습니다."

"우승하기까지 특별히 가장 고마운 선수 한 명을 꼽아주신다면 누구일까요?"

"모든 선수가 최선을 다해 싸워줬지만 역시나 한정훈 선수를 꼽을 수밖에 없겠죠."

"옆에 앉아 있는 박병훈 선수 표정이 별로 좋지 않아 보이는데요?"

"하하, 물론 병훈이도 정말 고생 많았습니다."

인터뷰 내내 김인선 감독의 얼굴에는 여유가 넘쳐흘렀다. 몇몇 기자가 무례한 질문을 해올 때도 우승팀 감독답게 최대한 이성적으로 답하려고 노력했다.

하지만 한정훈에 관한 민감한 질문들이 이어지자 보살 같던 김인선 감독의 표정도 굳어질 수밖에 없었다.

"일각에서는 작전은 없고 한정훈만 있었다는 불만들도 나옵니다만, 이 점에 대해서는 어찌 생각하시는지요?"

"하하. 그저 한정훈이라는 좋은 선수를 보유한 우리를 부러워하는 말이라고 받아들이겠습니다."

"한정훈 선수의 부상 정도는 어떻습니까? 정확하게 파악이 됐나요?"

"정확한 결과는 나와 봐야 알겠지만, 대표팀 주치의로부터 크게 심각한 것은 아닌 것 같다는 보고를 받긴 했습니다."

“그건 경기 중에 받은 보고 아닌가요? 경기가 끝나고 직접 확인해 보지 않으셨습니까?”

“하하. 감독이라고 선수의 몸 상태를 일일이 체크할 수 있는 권한은 없으니까요.”

“브레이브스 하퍼와 충돌한 이후에도 한정훈 선수가 계속 마운드를 지켰는데요. 이유가 뭔가요?”

“한정훈 선수의 의지였습니다. 그 점은 진심으로 고맙게 생각합니다.”

“제가 듣기로는 감독님께서 한정훈 선수에게 8회까지 막아 달라는 지시를 내리셨다는데 사실입니까?”

“그, 그거야 경기 초반에 주문한 부분입니다. 아무래도 팀 전력상 한정훈 선수를 최대한 오래 끌고 갈 수밖에 없으니까요.”

김인선 감독은 평소처럼 적당히 둘러대다 보면 기자들도 제풀에 지칠 것이라고 여겼다. 하지만 한국 대표팀의 비상식적인 경기 운영에 화가 난 기자들은 그 점을 끈질기게 물고 늘어졌다.

“한정훈 선수 부상 이후 이승민 선수가 준비를 끝마쳤다고 하던데요. 한정훈 선수로 밀어붙인 이유는 무엇입니까?”

“그야 선수 본인이 원했고…….”

“심각한 부상일 수도 있는데 선수가 원한다고 해서 내버려

두는 게 과연 옳은 판단입니까?"

"대표팀 닥터도 괜찮을 것 같다는 사인을 보냈기 때문에……."

"준결승전 때 한정훈 선수를 일찍 강판시킨 건 누구의 결정이었습니까?"

"그건…… 코치들과 상의해 결정을 내린 겁니다."

"WBC에 참가한 모든 선수를 통틀어 한정훈 선수가 가장 많은 경기에 선발 등판했는데 이 사실은 알고 계십니까?"

"아무래도 대표팀에 선수들이 부족하다 보니……."

"오늘 경기에서 부상을 당한 것도 혹사의 여파 때문이라는 지적이 있는데요."

"혹사라니요! 우리는 규정에 맞춰 한정훈 선수를 활용했습니다. 혹사는 말도 안 되는 소리입니다."

김인선 감독은 한정훈을 희생시켜 우승을 차지했다는 지적에 강하게 반발했다. 한정훈을 많은 경기에 투입시킨 것은 맞지만 원칙에 따른 기용이었다며 목소리를 높였다.

하지만 자리에 모인 기자들은 하나같이 코웃음을 쳤다.

WBC에서 투구 수 제한을 둔 것은 한정훈처럼 좋은 투수들을 보호하기 위함이었다.

야구는 투수 놀음이라는 속설처럼 국가 대항전의 경우 아무래도 좋은 투수에게 기대는 경향이 심했다.

게다가 WBC는 프리미어 12와는 달리 시즌 직전에 치러지는 대회였다. 한 시즌을 내다봐야 하는 선수들로서는 혹사에 따른 부상을 경계할 수밖에 없었다.

그러나 김인선 감독은 50구 투구 제한을 교묘하게 이용해 한정훈을 결승전 선발로 내세웠다. 김인선 감독은 부정하고 있지만 결국 무리해서 마운드에 오른 한정훈은 부상을 당하고 말았다.

만약 한정훈이 다친 시점에서 김인선 감독이 마운드에 올라와 직접 투수를 교체했다면 적어도 이 정도로 기자들의 공격을 받지는 않았을 것이다.

그러나 김인선 감독은 선수가 스스로 원했다는 핑계를 대며 한정훈을 방치했다. 그것으로도 모자라 미국 대표팀의 힘있는 중심 타자들을 전부 상대할 때까지 한정훈을 마운드에 세워놓기까지 했다.

경기가 끝난 직후 적잖은 기자가 한정훈에게 달려갔다. 하지만 한정훈은 인터뷰도 거부한 채 굳은 얼굴로 더그아웃을 빠져나갔다.

반면 김인선 감독과 대표팀 관계자들은 WBC 우승의 달콤함에 취해 정신이 없었다. 한정훈이 먼저 대표팀을 떠났다는 사실조차 나중에 전해 들었을 정도였다.

그런 한정훈을 보살핀 건 만약을 대비해 페코 파크에 대기하고 있었던 양키즈 의료진들이었다.

양키즈 의료진은 경기가 끝나기도 전에 대표팀에 사전 양해를 구했다. 그리고 미리 준비한 전용기에 한정훈을 태우고 곧장 뉴욕으로 날아갔다.

"한정훈도 불쌍해. 저런 감독을 믿고 공을 던졌으니……."

"말도 마. 김인선 감독이 WBC 우승을 위해 은퇴도 번복하고 다시 대표팀 지휘봉을 잡았다는 이야기를 들었을 때부터 한정훈이 고생할 거라 예상은 했지만, 이 정도일 줄은 몰랐다고."

"그런데 한정훈, 정말 괜찮은 걸까?"

"글쎄. 아까 공 던지는 걸 보면 크게 다친 것 같진 않던데?"

"그건 모르는 일이지. 원래 저런 부상은 경기 끝나 봐야 아는 거라고."

김인선 감독은 괜찮을 거라 말했지만 기자들은 하나같이 우려를 감추지 못했다. 다행히 부상 부위는 심각한 곳이 아니었다. 그러나 한정훈처럼 밸런스가 좋은 투수에게는 작은 부상도 큰 영향을 끼칠 수 있었다.

일부 성질 급한 기자들은 양키즈 관계자들에게 직접 전화를 넣어 한정훈의 상태를 묻기까지 했다. 하지만 공식적으로 알려진 한정훈의 신상과 관련된 정보는 달라지지 않았다.

한정훈이 정밀 검사 차원에서 뉴욕으로 향했다는 것.

그리고 양키즈는 한정훈이 큰 부상이 아니길 진심으로 바라고 있다는 것.

다른 기자들 역시 이 두 가지 사실에 맞춰 추측성 기사를 작성할 수밖에 없었다.

"병훈이 형, 정훈이 정말 괜찮을까요?"

"정훈이 몰라? 정훈이가 어떤 녀석인데 고작 그 정도로 다쳤겠냐. 안 그래?"

"그래도 아직 연락 한 통 없다는 게 불안해요."

"무소식이 희소식이랬잖아. 별일 없을 거다. 양키즈가 꼼꼼하게 검사하느라 시간이 걸리는 것뿐일 거야."

"그렇겠죠?"

인터뷰장 구석에 자리한 박병훈과 황철민도 한정훈에 대한 걱정에 빠져 있었다.

김인선 감독이 기자들에게 시달리고 있었지만, 박병훈과 황철민은 혹시라도 한정훈에게서 연락이 올까 손에 쥔 핸드폰에서 눈을 떼지 못했다.

그러나 그날 저녁까지도 뉴욕에서는 별다른 소식이 없었다.

그리고 다음 날 아침.

[한정훈 발가락 골절상. 회복까지 8주 예상.]

양키즈 전담 기자를 통해 충격적인 소식이 전해졌다.

“8주라고?”

“뭐야, 이러면 5월에나 돌아온다는 이야기잖아.”

“그 정도로 심각해 보이진 않았어. 이거 오보라고.”

“젠장할. 난 그런 줄도 모르고…….”

귀국을 준비했던 대표팀 선수들의 표정은 딱딱하게 굳어졌다. 특히나 전날 술자리에서 한정훈이 유별나다며 한마디씩 했던 선수들은 차마 고개를 들지 못했다.

쏟아지는 축하 인사 속에 새벽에야 잠이 들었던 김인선 감독도 뒤늦게 한정훈의 부상 소식을 접하고는 당혹감을 감추지 못했다.

“정훈이하고 통화는 해봤어?”

“그게 양키즈 구단 측에서 끼어들어서 통화가 어렵습니다.”

“기사 내용은 전부 사실이고?”

“네, 혹시나 해서 의사 소견서를 요청해서 확인해 봤는데 과장된 건 아닌 것 같습니다.”

“미치겠군. 이 코치, 자네는 일이 이렇게 될 때까지 대체 뭘 하고 있었던 거야?"

김인선 감독이 이선철 수석 코치에게 화살을 돌렸다. 한정훈을 잘 관리하라고 그렇게 신신당부를 했는데 일이 터졌으니 모든 게 이선철 코치의 잘못인 것만 같았다.

그러나 이선철 코치도 할 말은 많았다. 한정훈에 대해 다른 말을 꺼낼 때마다 매번 국민의 염원인 우승을 이뤄야 한다는 핑계로 묵살했던 건 다름 아닌 김인선 감독이었다.

그렇다고 차기 국가 대표팀 감독을 노리는 상황에서 김인선 감독에게 대거리할 수도 없는 노릇이었다.

'감독님이 좋지 않게 물러나면 나도 힘들어져.'

이선철 코치는 입술을 질근 깨물었다. 적어도 당분간은 김인선 감독의 뒤치다꺼리를 할 수밖에 없을 것 같았다.

"한정훈 선수의 부상에 대해서는 진심으로 유감스럽게 생각합니다. 제가 조금 더 잘 챙겼어야 했는데…… 면목이 없습니다."

귀국 후 열린 기자 회견에서 이선철 코치는 김인선 감독을 대신해 총대를 짊어졌다. 동석했던 김인선 감독도 자신이 감독으로서 부덕한 탓이라며 이선철 코치를 두둔해 주었다.

하지만 고작 그 정도로는 야구팬들의 불만을 가라앉히기가 불가능했다.

ㄴ김인선하고 이선철 쇼하는 거 봤냐?

ㄴㅇㅂㅇ 완전 뻔뻔하더라. 우승 확정되고 라커룸에서 선수들하고 샴페인 터뜨릴 시간에 한정훈이나 한 번 더 신경 써줄 것이지.

ㄴ선수들이야 첫 우승이니까 그럴 수 있다 쳐. 근데 코칭 스태프면 한정훈이 있는지 없는지 정도는 확인했어야 하는 거 아니냐?

ㄴ막상 우승하니까 필요 없어진 거지. 누구 덕에 우승한 줄도 모르고.

ㄴ진짜 나 같으면 국대 때려치우겠다.

ㄴㅇㅂㅇ 동감. 난 한정훈이 미국으로 귀화한다고 해도 이해해 줄 거임.

ㄴ아무리 그래도 귀화라니. 장난하냐? 국적 바꾸는 게 애들 장난이야? 그렇게 쉬운 줄 알아?

ㄴ적어도 한정훈이라면 모든 나라가 서로 데려가려고 할걸? 어쨌든 나도 한정훈이 다른 나라 사람 되는 건 반대야. 대신 앞으로 협회가 뭔 지랄을 해도 무조건 한정훈 편들 거다.

ㄴㅇㅂㅇ 한정훈 정도면 평생 까방권이지

ㄴ야, 솔직히 말해서 한정훈이 까일 일이 있겠냐?

여론이 점점 악화되자 협회는 한정훈과 연락을 취하려 했다. 한정훈이 공식적으로 한마디만 해줘도 숨통이 트일 것만 같았다.

하지만 정작 한정훈은 여론이 어떻게 돌아가고 있는지조차 전해 듣지 못하고 있었다.

"에이전시와 협조에서 한정훈에게 오는 모든 불필요한 연락을 차단해. 한정훈이 치료에만 전념할 수 있도록 최대한 협조하라고. 알았어?"

한정훈의 부상 소식을 전해 들은 브라이언 캐시 단장은 분노를 감추지 못했다.

그 누구보다 냉정해야 할 자리에 앉아 있었지만 다른 선수도 아니고 한정훈이 다쳤다는데 도저히 이성을 차릴 수가 없었다.

이번 WBC에서 양키즈는 메이저리그 구단 중 가장 많은 12명의 주전급 선수를 내보냈다.

당초 최소 출혈을 목표로 세웠지만, 메이저리그 사무국에서조차 적극 협조를 요청하는 탓에 어쩔 도리가 없었다. 그저 월드 시리즈를 2연패 하며 최고의 선수를 다수 보유한 팀이 됐다는 사실에 위안을 삼아야 했다.

선수들을 각국 대표팀에 보내면서 브라이언 캐시 단장은 철저하게 선수들을 보호해 줄 것을 요구했다. 단순히 구두로 끝내지 않고 협의서를 통해 문서화까지 해놓았다.

한정훈과 관련해서도 브라이언 캐시 단장은 그 어떤 선수보다 꼼꼼한 협의서를 준비해 놓았다.

등판 일정부터 시작해 투구 수, 심지어 구종에 이르기까지 한정훈에게 부담이 갈 만한 일을 최소로 만들려 했다.

그러나 한국 협회에서 조일승 총재가 나서면서 브라이언 캐시 단장도 한발 물러설 수밖에 없었다.

조일승 총재가 지난번처럼 한정훈을 먼저 설득한 뒤에 양키즈와의 협상 테이블에 앉으면서 유리한 입장을 선점했기 때문이다.

물론 브라이언 캐시 단장도 군말 없이 한정훈을 보내진 않았다. 조일승 총재에게 한정훈을 절대 혹사시키지 않겠다는 약속을 받아놓았다.

그것만으로는 안심이 되지 않아 한국 대표팀이 샌디에이고에 입성한 이후로 양키즈 전담 의료진을 파견해 놓기까지 했다.

그런데 이 사달이 나버렸다. 양키즈의 월드 시리즈 3연패에 가장 중요한 동력인 한정훈이 발가락 골절상으로 시즌 초반 결장이 불가피해진 것이다.

"한국 협회 쪽에서 한정훈 선수를 만나고 싶다는 연락을 해오고 있는데 어떻게 하죠?"

"협회는 무슨 얼어 죽을 협회야! 무리시키지 말라고 그렇게 이야기했는데 저 꼴로 돌려보내 놓고 지금 그걸 말이라고 하는 거야!"

브라이언 캐시 단장은 한국의 협회와는 일절 대화하지 않겠다는 뜻을 분명하게 했다.

한국 협회가 메이저리그 사무국을 통해 재차 대화를 시도했지만 소용없었다. 양키즈는 물론이고 한정훈과 연결되는 모든 대화 창구를 차단하며 한정훈을 보호했다.

"이 정도까진 안 해도 될 거 같은데요."

양키즈의 과잉보호에 한정훈이 쓴웃음을 지었다. 그러자 김상엽 팀장이 멋쩍게 웃으며 태블릿 PC를 내밀었다.

"한번 보십시오. 데이비드란 메이저리그 칼럼리스트가 쓴 글인데 지금 이것 때문에 난리도 아닙니다."

"그래요?"

워낙에 장문이라 한정훈은 김상엽 팀장이 굵게 체크해 놓은 부분들만 빠르게 읽어 내렸다. 그리고는 쓴웃음을 지었다.

칼럼리스트의 글은 간단했다. 한정훈이 다친 건 메이저리그의 큰 손실이며, 한정훈이 온전하게 마운드에 돌아오도록 모든 야구 관계자가 협조해야 한다는 것이었다.

아울러 성적을 위해 한정훈을 재촉해서는 안 된다며 양키즈에게도 경고를 했다. 한정훈이 지금의 부상을 완벽하게 털어내지 못할 경우 두고두고 잔부상에 시달릴 가능성이 크다고 덧붙였다.

"이 사람, 양키즈 기자 출신 아니에요?"

"네, 맞습니다. 그래서 더 열을 냈죠. 사실 번역하진 않았습니다만 한정훈 선수에 대한 비난도 쏟아냈습니다."

"애국심에 취해 제 몸을 혹사시켰다, 뭐 그렇게요?"

"네, 거의 비슷합니다. 물론 안타까운 마음에 쏟아낸 감정이었고 이후에 팬들이 엄청 반발하면서 추가적으로 사과의 글을 덧붙여서 굳이 번역하진 않았습니다."

"잘 하셨어요. 저라고 욕먹는 걸 좋아하진 않으니까요."

"어쨌든 구단으로서도 한정훈 선수를 철저히 관리해야 하는 입장입니다. 아마 당분간 국가 대항전은 포기해야 할지도 모릅니다."

김상엽 팀장이 넌지시 운을 뗐다. 국가대표로 선발되는 영광을 마다한다는 게 결코 간단한 문제는 아니겠지만 이미 한 차례 부상 전력이 생긴 만큼 다른 구단으로 이적을 하더라도 예전처럼 협조적으로 차출에 응할 리 없을 것 같았다.

한정훈도 대답 대신 묵묵히 고개를 주억거렸다. 다른 걸 떠나 대표팀이 더 이상 자신에게 의존하도록 놔두고 싶진 않았다.

"내가 있는 것과 없는 것. 어느 쪽이 대표팀에 도움이 될까요?"

"양쪽 다 일장일단이 있겠죠."

"예를 들면요?"

"한정훈 선수가 합류하면 한국 대표팀은 늘 우승 후보로 꼽힐 겁니다. 제 자랑 같아서 이런 이야기 안 하려고 했는데 제가 모시고 있는 고객님이 워낙 대단한 선수라서요."

"하하. 농담이라도 기분은 좋네요."

"농담이 아니라는 것쯤은 한정훈 선수가 더 잘 알고 계시니까 넘어가도록 하고, 어쨌든 한정훈 선수가 함께하면 우승 트로피는 늘어날지도 모르겠습니다. 하지만 그중에서 몇 경기나 대표팀의 힘으로 이뤄낼 수 있을지는 잘 모르겠네요."

"대표팀의 힘이라."

"솔직히 지금도 용병 같은 느낌이 들잖아요. 안 그래요?"

"후우……."

한정훈의 입에서 절로 한숨이 흘러나왔다. 용병 같다는 지적이 정곡을 찌른 것이다.

조금 더 재능이 있어서, 조금 더 여력이 있어서 다른 선수들보다 조금 더 희생하는 것쯤은 한정훈도 얼마든지 감당할 수 있었다.

하지만 정작 한정훈에게 모든 걸 떠맡기는 듯한 분위기는 달갑지 않았다. 자신이 정말 대표팀의 일원으로 뽑힌 건지 아니면 단기 용병으로 합류한 건지 의구심이 들 정도였다.

"만약 한정훈 선수가 부상을 핑계로 대표팀을 잠시 떠난다면…… 아마 제법 불만들이 터져 나올 겁니다. 애국심이 부족하다는 말도 나올 테고요. 돈만 밝힌다는 소리도 듣겠죠. 물론 그렇다 해도 대다수의 국민은 한정훈 선수를 이해해 줄 것이라 생각합니다. 다만 한정훈 선수가 없는 대표팀이 좋은 성적을 거두지 못할 경우 그 화살이 한정훈 선수에게 되돌아올 가능성도 염두에 두셔야 합니다."

김상엽 팀장이 곧바로 말을 이었다. 대부분이 부정적인 의견이었지만 한정훈은 묵묵히 고개를 주억거렸다.

"결국, 저 혼자 감당하면 된다는 이야기네요."

"네, 대신 대표팀은 진짜 대표팀이 되어가겠죠."

"진짜 대표팀이요?"

"솔직히 한정훈 선수만큼 좋은 선수가 또 나올 가능성은 없어 보입니다. 하지만 적어도 한정훈 선수 없이도 이기는 팀이 되도록 서로서로 노력은 하게 될 거라 생각됩니다."

그 어떤 팀이든 리빌딩 과정에서는 시행착오를 겪게 마련이다. 특히나 한국처럼 주축 선수들이 동시에 이탈한 팀의 경우에는 새로운 판을 짜기까지 오랜 시간이 걸릴 수밖에 없었다.

김상엽 팀장은 한국 대표팀이 지금보다 강해지기 위해서

라도 조금 더 고생할 필요가 있다고 여겼다. '한정훈이 있으니까'라는 안이한 마음으로 좋은 성적만 내길 바란다면 국가대표가 될 자격이 없었다.

"쉽지가 않네요."

한정훈이 씁쓸히 웃었다. 대한민국의 에이스, 한정훈에 대한 미련이 없지는 않지만, 당분간은 양키즈의 투수 한정훈으로 지내는 게 여러모로 나을 것 같았다.

"참, 양키즈의 구단주께서 한번 만나고 싶다는 뜻을 전하셨습니다."

한정훈의 눈치를 살피던 김상엽 팀장이 슬쩍 화제를 바꿨다. 덩달아 한정훈의 표정도 달라졌다.

"스타인브리너 구단주가요?"

"혹시 헷갈리실까 싶어 말씀드리자면 지금은 존 스타인브리너의 손녀인 하인 스타인브리너가 구단주로서 직무를 수행하고 있습니다."

"아, 네. 지난번에 박찬영 대표님께 들었습니다. 그런데 갑자기 저는 왜……?"

"특별한 일은 아닙니다. 다른 구단에서도 구단주들이 직접 팀의 핵심 선수들과 친분을 나누기도 하니까요."

"대표님 말씀이 하인 스타인브리너 구단주는 그런 걸 질색한다고……."

"네, 저도 그런 줄로만 알았는데 한정훈 선수는 예외인 모양입니다. 게다가 하인 스타인브리너 구단주의 요청이 이번이 처음은 아니라고 하니 한번 만나 보는 게 어떠신지요?"

"처음이 아니라고요?"

김상엽 팀장은 웃으며 하인 스타인브리너 구단주가 데뷔 시즌부터 한정훈과 만나길 희망해 왔다는 뜻을 전했다.

다만 그 전까지는 서로 시간 조율이 되지 않아서 실무자들 사이에서 계속 결렬이 됐었는데 계약 만료가 코앞인 상황이라 이번에는 하인 스타인브리너 구단주 쪽에서 먼저 일정 조정을 하겠다고 나온 것이었다.

"대표님은 뭐라고 하세요?"

"한정훈 선수가 특별히 양키즈가 싫다거나 다른 구단으로 옮길 마음이 확고하신 게 아니라면 만나 보는 게 좋겠다고 하십니다."

"흠…… 그렇다면 약속 잡아주세요."

"네, 알겠습니다."

이틀 후.

한정훈은 뉴욕의 모 호텔에서 하인 스타인브리너 구단주와 저녁 식사를 가졌다. 그 자리에는 모모코도 함께 초대되었다.

“제가 이런 자리에 함께해도 괜찮은 걸까요?”

“글쎄. 모모코까지 부른 걸 봐서는 분명 다른 이유가 있을 거 같은데?”

한정훈의 예상은 정확했다. 한정훈 모모코와 식사를 마친 하인 스타인브리너 구단주가 결혼식을 제안했기 때문이다.

“두 분이 결혼식을 시즌 이후로 미뤘다는 이야기 들었어요. 하지만 양키즈가 포스트시즌에 진출하면 결혼식을 준비할 시간이 부족할 거라 생각해서 구단 차원에서 결혼식을 도와주고 싶어요.”

하인 스타인브리너 구단주는 이미 예식장은 준비가 되었으며 원한다면 얼마든지 구단 전세기를 지원하겠다는 뜻을 밝혔다.

아울러 이 같은 지원은 한정훈의 재계약과는 아무 상관이 없으며 친구로서 해주고 싶은 선물이라는 점을 몇 번이고 강조했다.

“모모코 생각은 어때?”

한정훈이 모모코의 의견을 물었다. 결혼식을 제안받은 건 뜻밖이었지만 그 역시도 내심 연말의 결혼식을 앞당길 생각을 하고 있었다.

부상 회복 이후 얼마나 좋은 성적을 낼 수 있을지 확신하기 어려운 상황에서 연말 훈련을 게을리하고 싶지 않은 탓이었다.

다행히 모모코의 반응도 긍정적이었다.

"저는…… 솔직히 오빠랑 빨리 결혼하고 싶어요."

"나도 마찬가지야."

한정훈과 모모코는 하인 스타인브리너 구단주의 제안을 흔쾌히 받아들였다.

그리고 시즌이 시작되기 사흘 전, 한정훈은 뉴욕에서 조용히 결혼식을 올렸다.

언론의 취재가 통제된 비공개 결혼식이었지만 하객의 숫자는 천여 명에 달했다.

한정훈과 모모코의 가족, 친척, 지인들은 물론이고 스톰즈와 양키즈 선수 가족들까지 참석하면서 규모가 대폭 늘어난 것이다.

양키즈 구단에서 준비해 준 결혼식이기 때문에 양키즈 선수들의 참여는 어느 정도 예상했던 바였다.

하지만 스톰즈 선수단은 의외였다. 시범 경기가 막 끝났다곤 하지만 선수들은 불평불만 없이 한정훈을 위해 뉴욕까지 날아왔다. 그리고 진심으로 한정훈의 결혼을 축하해 주었다.

"정훈아, 나중에 찬오 선배님처럼 1년 정도는 스톰즈에서 뛰는 게 어때?"

"그래, 메이저리그 씹어 먹고 은퇴할 때쯤 되어서 한국 와라. 마지막으로 같이 뛰어보자."

"나중에 긍정적으로 생각해 볼게요."

"정말이지? 좋아. 그럼 너 올 때까지 기다린다?"

"형은 벌써 서른이 넘었는데 무슨 수로 기다려요. 정훈이 하는 거 봐서는 마흔 넘어서도 거뜬하겠던데."

"젠장, 그럼 난 쉰 살까지 버텨야 하는 거냐?"

"그러다 팀이 노인정이 되겠어요."

모두의 축복 속에 한정훈과 모모코는 정식으로 부부가 되었다. 하지만 신혼여행은 시즌 이후로 미루었다. 양키즈가 월드 시리즈 3연패를 선언한 상황에서 에이스인 한정훈이 팔자 좋게 여행을 다닐 수는 없는 노릇이었다.

"미안해, 모모코. 대신 시즌 끝나면 일본으로 여행 가자."

"난 결혼식을 올린 것만으로도 충분히 행복해요. 그러니까 이제 내 걱정하지 말고 치료에 집중해 주세요. 나도 옆에서 도울게요."

당초 언론이 예상한 한정훈의 복귀 시점은 5월 말이었다. 그러나 주변에서 워낙 잘 챙겨준 덕분에 한정훈은 예정보다 훨씬 빨리 재활을 마쳤다.

148장
왕의 귀환

[양키즈 에이스 한정훈 불펜 피칭 돌입!]

[한정훈 복귀 카운트다운!]

4월 초, 2025년 시즌이 시작된 지 얼마 지나지 않아 뉴욕 언론들이 한정훈의 복귀에 관한 기사들을 쏟아내기 시작했다.

물론 메이저리그 관계자들은 코웃음으로 응수했다. 다친 부위만 놓고 봤을 때 한정훈의 부상은 그리 심각한 게 아니었다. 미세하게 실금이 가긴 했지만, 그 정도쯤은 회복력 좋은 야구 선수들에게 큰 문제가 되지 않았다.

그러나 메이저리그 관계자들은 한정훈의 조기 복귀 가능

성을 일축했다. 지금 이 시점에서 중요한 건 한정훈의 부상 회복 여부가 아니었다. 한정훈이 얼마나 완벽한 모습으로 돌아오느냐는 것이었다.

"한정훈은 메이저리그 투수들을 통틀어 투구 밸런스가 가장 좋은 선수입니다. 체구가 큰 편은 아니지만 105mile/h에 달하는 포심 패스트볼을 던질 수 있는 것도 바로 이 밸런스 덕분입니다. 그런데 이번에 한정훈이 부상을 당하면서 이 밸런스적인 측면이 무너졌을 가능성이 큽니다."

"투구 밸런스가 완벽에 가까운 한정훈이라면 미세하게나마 몸 상태가 어긋나더라도 힘이 들 겁니다. 솔직히 예전의 구위를 회복하지 못하게 되는 건 아닐까 심히 우려스럽습니다."

"WBC에 참가하기 위해 한정훈은 평소보다 일찍 훈련에 들어갔습니다. 그러다 부상을 당했죠. 부상에서 회복한다 하더라도 몸 상태까지 100%로 끌어올리는 건 쉽지 않다고 생각합니다."

"뉴욕 언론들은 4월 말 복귀가 가능하다고 떠들고는 있지만, 전례에 비춰 봤을 때 서둘러 봐야 5월 말일 겁니다. 더 늦어지면 전반기 복귀가 어려울지도 모르죠. 하지만 레드삭스와 지구 우승을 다퉈야 하는 양키즈는 한정훈을 오래 기다릴 수가 없을 겁니다. 한정훈의 몸 상태가 어느 정도 회복된다면 마운드에 세우려 하겠죠."

"어쩔 수 없는 일입니다. 올 시즌 한정훈이 받는 연봉은 메이저리그 최고 금액이니까요. 게다가 올 시즌이 끝나면 한정훈은 옵트 아웃을 통해 구단을 옮길 수 있습니다. 아, 물론 양키즈와 재계약을 할 수도 있겠죠. 하지만 어느 쪽이든 한정훈도 준수한 결과물을 만들어내야 한다는 압박을 받을 수밖에 없을 겁니다. 부상을 당했다는 핑계로 부진한 모습을 보여준다면 한정훈의 미래에 전혀 도움이 되지 않을 테니까요."

전문가들은 뉴욕 언론들의 독촉성 보도가 선수는 물론이고 양키즈 구단 모두에게 악영향을 끼칠 거라며 경계했다.

그러면서 컨디션이 최소 80% 이상 돌아올 때까지 한정훈이 복귀해서는 안 된다고 충고를 아끼지 않았다.

야구팬들도 모였다만 하면 한정훈에 관한 이야기를 꺼내놓았다.

ㄴ그러니까 한정훈이 빨리 복귀하면 안 되는 이유가 뭐야?

ㄴ한정훈은 메이저리그 최고의 투수라고. 당연히 완벽하게 회복할 수 있도록 시간을 줘야 해.

ㄴ지금까지 부상을 입은 투수 중에 언론의 전망보다 늦게 복귀한 투수가 몇 명이나 되는데? 의학적인 소견과 구단의

판단을 참고해서 발표하는 건데 그게 뭐가 문제라는 거야?

ㄴ그런 이기적인 생각 때문에 단명한 투수들을 생각해 봤어?

ㄴ다들 가식 그만 떨고 솔직히 말해봐. 투수 보호 같은 웃기지도 않은 이유 대지 말고.

ㄴ까놓고 말하자고? 좋아. 내가 충고하는데 한정훈이 양키즈의 전유물이라는 생각을 좀 버려! 어차피 올해가 지나면 한정훈은 핀 스트라이프를 벗어버릴 테니까.

ㄴ누가 그딴 헛소리를 지껄이는 거야? 한정훈은 양키즈의 레전드가 될 거라고!

ㄴ설사 그렇다 해도 한정훈이 레드삭스나 다저스에 가는 일 따위는 일어나지 않을 것 같은데? 자이언츠라면 모를까.

ㄴ자이언츠? 헛소리는 네 일기장에 쓰고. 한정훈의 다음 행선지는 레인저스로 정해졌다고. 몰랐냐?

ㄴ멍청이들, 양키즈가 한정훈을 순순히 보내줄 것 같냐?

ㄴ양키즈가 한정훈을 붙잡기 위해 수단과 방법을 가리지 않을 거라는 건 누구나 예상할 수 있는 일이야. 다만 중요한 건 한정훈의 의지지. 솔직히 양키즈에서 이룰 수 있는 건 다 이뤘잖아. 안 그래?

ㄴ완전히 틀린 예상은 아냐. 만약 WBC에서 부상을 당하지만 않았더라도 한정훈은 올 시즌 역시 좋은 활약을 펼쳤겠지. MVP는 확신하기 어렵겠지만 최소 사이영상 4연패를 달

성했을 테고. 하지만 지금 상황에서 사이영상은 좀 어렵지 않겠어? 어쩌면 그 상실감 때문에 새로운 도전을 택할지도 모른다고.

대다수 야구팬의 생각은 메이저리그 관계자들의 예상과 크게 다르지 않았다.

한정훈의 빠른 복귀는 어려울 것이며 복귀가 늦어지면 늦어질수록 사이영상 4연패는 불가능해질 테니 이번 시즌이 끝나는 대로 양키즈를 떠날 가능성이 크다는 게 야구팬들의 중론이었다.

덕분에 브라이언 캐시 단장을 비롯한 양키즈 직원들은 팬들의 거센 항의 전화에 시달려야만 했다.

"아, 그럼요. 양키즈는 절대 한정훈 선수를 포기하지 않습니다. 물론입니다."

"저도 지금 당장 계약하고 싶은데 아직은 그럴 수가 없다니까요. 조금만 더 기다려 주세요."

"레인저스요? 누가 그런 소리를 합니까? 말도 안 되는 헛소문입니다."

"한정훈 선수가 다저스에 가다니요. 오늘 들었던 말 중에 제일 웃겼습니다. 그럼 제가 반대로 물어보죠. 클레이튼 커셔가 양키즈에 오는 게 빠를까요. 아니면 한정훈 선수가 다저스에 가는 게 빠를까요? 이제 대답이 됐죠?"

직원들의 응대가 상당히 격앙되어 있었지만, 브라이언 캐시 단장은 별말 하지 않았다. 그만큼 직원들도 스트레스를 받기 때문만은 아니었다. 모두가 깜짝 놀랄 만한 뉴스를 내부적으로 공유하고 있었기 때문이다.

"한정훈의 컨디션은 어때?"

"아주 좋습니다. 의료진이 이제 경기에 나서도 충분하다고 말할 정도입니다."

"닥터 김은?"

"닥터 김은 근력이 아직 다 올라오지 않았다면서 2주일 정도 추가 시간을 요청했습니다."

"근력이 다 올라오지 않았다니? 이 짧은 시간에 한정훈이 100%가 되길 바라는 거야?"

"그게 제가 설명하기보다는 이걸 보시는 게 빠를 것 같습니다."

보좌관 라이언 클루이가 김미영이 작성한 자료를 브라이언 캐시 단장에게 내밀었다. 그러면서 슬쩍 입가를 비틀어 올렸다.

"흠……."

브라이언 캐시 단장이 못마땅한 눈으로 자료를 살폈다. 그러다 114%라는 숫자를 확인하고는 다시 라이언 클루이에게 눈을 돌렸다.

"이게 뭐야?"

"그게 닥터 김의 대답입니다."

"그러니까…… 100% 몸 상태가 아니라 그 이상을 준비하고 있었던 거야?"

"올 초에 WBC를 준비하느라 아무래도 근력을 비축할 기간이 짧았던 모양입니다. 그것까지 감안해서 닥터 김이 재활 스케줄을 짠 것 같습니다."

"하하. 과연 닥터 김이로군."

브라이언 캐시 단장이 비로소 만족스러운 표정을 지었다. 아무런 이유도 없이 한정훈의 복귀를 연기하려 했다면 자신이 직접 나서서 김미영을 설득할 생각이었다.

하지만 이렇게 완벽한 복귀 시나리오를 준비 중이라면 현장이 허락하는 한 얼마든지 기다려 줄 수 있었다.

"참, 조지 지라디 감독은 별말 없어?"

"5월 말까지는 어떻게든 버틸 수 있을 것 같다고 합니다."

"정말이야? 나한테는 죽겠다고 난리더니."

"아직 레드삭스가 사정권에 있으니까요. 그 정도로 힘들진 않을 겁니다."

개막 이후 12경기를 치른 현재 양키즈는 6승 6패, 승률 5할로 아메리칸리그 동부 지구 2위를 달리고 있었다.

애스트로스 홈 3연전 2승 1패.

타이거즈 원정 3연전 1승 2패.

블루제이스 원정 3연전 1승 2패.

매리너스 홈 3연전 2승 1패.

두 차례의 홈 시리즈에서는 2승 1패로 위닝 시리즈를 거두었고 반대로 두 차례 원정 시리즈에서는 루징 시리즈를 기록했다.

한정훈의 빈자리가 워낙 크다 보니 다른 선수들이 분전하는 것만으로는 만족스러운 결과를 내기가 쉽지 않았다.

다행히도 시즌 초반이다 보니 아직은 지구 3연패라는 목표를 밀어붙이는 데 아무런 문제가 없었다.

현재 지구 선두는 레드삭스였다. 한정훈이 복귀하기 전까지 최대한 게임 차이를 벌리겠다며 9승 3패, 3경기 차이로 앞서가고 있었다.

그리고 양키즈에 이어 블루제이스와 오리올스, 레이스가 5승 7패로 공동 3위 그룹을 형성하고 있었다.

냉정하게 봤을 때 양키즈가 레드삭스를 따라잡고 지구 우승을 탈환하는 것보다 뒤처진 구단들에게 추월당할 가능성이 큰 상황이었다.

하지만 한정훈 없이 경기를 치르고 있다는 점을 감안했을 때 결코 실망스러운 성적표는 아니었다.

"한정훈의 복귀를 3주 정도 늦춘다면 어떻게 되겠어?"

브라이언 캐시 단장이 다시 라이언 클루이를 바라봤다. 당초 계획은 이번 주 라이브 피칭을 시작한 뒤 곧바로 레이스와의 홈경기에 등판하는 것이었다.

하지만 김미영이 2주를 요청한 이상 한정훈의 복귀전은 최소 오리올스와의 원정 이후로 밀릴 수밖에 없었다.

"홈 6연전과 원정 9연전이 남아 있습니다. 레인저스와 레드삭스 원정에서 얼마만큼 성적을 거둘지가 관건입니다만 2주 만에 순위표가 확 달라지진 않을 것 같습니다."

라이언 클루이의 예상대로 양키즈는 죽음의 원정 9연전이 끝나는 시점까지 2위 자리를 지키는 데 성공했다.

어슬레틱스와의 홈 3연전에서 2승 1패를 거둔 뒤 레이스와의 홈경기를 전부 쓸어 담은 게 결정적으로 작용했다.

홈 10연전을 앞둔 상황에서 양키즈의 성적은 15승 12패, 승률 0.556으로 선두 레드삭스를 두 경기 차이로 따라붙었다.

전문가들은 홈 10연전 중간에 낀 양키즈와 레드삭스 간 4연전 결과에 따라 시즌 초반 분위기가 결정될 것이라고 내다봤다.

양키즈의 레드삭스 예상 선발 라인업은 하리모토 쇼타(3승

1패)-테너 제이슨(2승 2패)-다나카 마스히로(1승 1패)-그렉 나이트(1승 2패) 순서였다.

이에 맞서 레드삭스도 에이스 에두아르 로드리게스(3승)-에딘 에스코바(2승)-로이 윌슨(2승 1패)-데이브 프리이스(1승 3패)를 준비시켜 놓고 있었다.

"하리모토 쇼타와 에두아르 로드리게스의 맞대결은 솔직히 누가 이길지 장담하기 어렵습니다. 하지만 4연전에서 최소한 2승이라고 거두려면 양키즈는 첫 경기를 무조건 잡아야 합니다."

"1차전은 박빙이지만 2차전은 레드삭스가 조금 유리해 보입니다. 3, 4차전은 레드삭스가 확실히 유리해 보이고요."

"양키즈가 해볼 만한 경기는 1, 2차전뿐입니다. 이 두 경기를 가져가지 못하면 홈팬들 앞에서 큰 망신을 당하게 될 겁니다."

전문가들은 이번 4연전에서 레드삭스가 우세할 거라고 입을 모았다.

양키즈의 예상 성적은 1승 3패가 가장 많았다. 그리고 4패와 2승 2패가 근소한 차이로 뒤를 이었다.

몇몇 전문가는 양키즈가 레드삭스를 신경 쓸 여유가 없을 거라고 꼬집었다.

"당장 로열스와의 3연전부터가 위기입니다. 로열스가 화이트삭스의 맹추격을 받는 상황에서 양키즈 원정을 그냥 넘어가진 않을 겁니다."

"첫 경기 선발이 에이스 요다 벤츄라입니다. 지난 WBC 이후 다소 부진하긴 했지만, 로테이션을 한 차례 건너뛰고 돌아오는 만큼 양키즈 전에서 좋은 모습을 보여줄 가능성이 큽니다."

"알렉 마인드와 매니 더피가 출전할 2, 3차전도 로열스가 조금 더 유리해 보이는 게 사실입니다."

"이번 3연전에 출전할 양키즈의 선발진은 솔직히 평가하기가 곤란합니다. 다나카 마스히로는 구위가 확실히 떨어졌고 그렉 나이트는 여전히 제구가 불안하니까요."

"게다가 5선발은 교체될 가능성이 큽니다. 그나마 하리모토 쇼타를 하루 당겨쓴다면 좋겠지만 조지 지라디 감독이 선발투수들을 무리시키지 않겠다고 공언을 했으니 난감하기만 합니다."

로열스가 소속된 아메리칸리그 중부 지구는 아메리칸리그 동부 지구 못지않게 피 튀기는 1위 싸움이 진행되고 있었다.

선두 로열스와 2위 화이트삭스 간의 경기 차이는 단 1경기.

뉴욕 원정 결과에 따라 지구 1위 자리가 바뀔지도 모르는 상황이었다.

실제 로열스의 네드 요트 감독은 양키즈와의 원정 3연전의 목표를 2승 1패로 잡았다. 그 1패라는 것도 요다 벤츄라가 복귀전에서 부진했을 때를 감안한 결과였다.

네드 요트 감독의 바람대로 로열스가 이번 시리즈를 쓸어 담거나 최소 2승 1패의 성적을 거두게 될 경우 이번 레드삭스와의 4연전을 통해 지구 1위에 도전하겠다는 양키즈의 야심찬 계획은 수포로 돌아갈 수밖에 없었다.

"로열스에게 이곳이 뉴욕이라는 사실을 알게 해주겠습니다."

조지 지라디 감독이 지지 않고 맞받아쳤다. 그렇게 양 팀 감독 간의 신경전이 언론을 뜨겁게 만들어 놓았다.

하지만 양키즈 스타디움을 가득 메운 팬들을 열광하게 만든 건, 조지 지라디 감독도 네드 요트 감독도 아니었다.

바로 한정훈.

모모코, 하리모토 쇼타와 함께 외야석에 앉은 한정훈의 모습이 구장 카메라에 잡히자 사방에서 관중들의 비명 소리가 터져 나왔다.

잠시 후.

한! 한! 한! 한!

한! 한! 한! 한!

한정훈을 연호하는 목소리가 양키즈 스타디움을 뒤흔들기 시작했다.

—하하. 한정훈! 정말 오랜만입니다. 재활이 순조롭다는 이야기를 들었는데 이렇게 구장에서 직접 보게 되니 정말 반갑네요.

—저는 별로 반갑지 않습니다. 저긴 한정훈의 자리가 아니니까요.

—한정훈이 있어야 할 곳은 마운드이고 양키즈 더그아웃이겠죠.

—네, 그래도 솔직히 마음은 놓입니다. 이제 곧 한정훈의 환상적인 투구를 다시 볼 수 있을 테니까요.

차분하게 선발 라인업을 발표하던 양키즈 중계진도 흥분을 감추지 못했다. 힘든 경기를 치를 때마다 이제 곧 한정훈이 돌아올 거라며 위안으로 삼아왔던 게 엊그제 같은데 이렇게나마 한정훈을 보니 이제 정말로 복귀가 머지않았다는 생각이 든 것이다.

양키즈 선수들도 더그아웃 밖까지 나와 한정훈 쪽을 향해 손을 흔들어 보였다. 그리고는 한 데 모여 의지를 다졌다.

"한정훈이 보고 있다고. 오늘 경기만큼은 어떻게든 이겨야 해!"

"오늘 지면 한정훈은 정말로 양키즈를 떠나 버릴지도 몰라!"

에이스 한정훈이 지켜보고 있다는 기분 좋은 부담을 즐기며 양키즈 타선은 1회부터 폭발했다.

로열스의 에이스 요다 벤츄라가 이를 악물고 공을 던졌지만 양키즈 타자들의 집요함과 간절함을 당해내지 못했다.

–아아, 네드 요트 감독. 결국, 마운드에 올라옵니다. 요다 벤츄라, 여기까지인가 봅니다.

–3.2이닝 동안 안타 8개, 4실점 했는데요. 다음 경기 결과를 지켜봐야겠지만 로열스의 고민이 깊어질 것 같습니다.

–반면 양키즈는 축제 분위기일 것 같은데요. 이쯤에서 한번 한정훈을 만나 보는 게 어떨까요?

–브라이언! 아, 저기 있군요. 어서 한정훈의 목소리를 들려주세요. 어서요!

양키즈 중계진의 독촉 속에 리포터 브라이언이 한정훈 쪽으로 다가오려 했다. 그러자 한정훈이 가볍게 오른손을 든 뒤에 자신이 직접 통로 쪽으로 걸어 나왔다.

"고맙습니다, 정훈. 그렇지 않아도 저기까지 어떻게 가야 하나 걱정했거든요."

한정훈의 배려에 브라이언이 환하게 웃어 보였다. 그리고는 미리 준비해 뒀던 질문지를 꺼내 들었다.

"제가 몇 가지 질문을 해도 괜찮을까요?"

"네, 얼마든지요."

"몸은 어때요? 정말 괜찮나요?"

브라이언이 단도직입적으로 물었다. 본래라면 가장 마지막쯤에 해야 할 질문이었지만 한정훈의 열혈 팬으로서 도저히 뜸을 들일 수가 없었다.

"몸 상태는 좋습니다. 아마 곧 여러분 앞에서 공을 던질 수 있을 것 같습니다."

한정훈의 말이 떨어지기가 무섭게 브라이언이 만세를 외쳤다. 그러자 양키즈 스타디움 곳곳에서 함성이 터져 나왔다. 언론에서 몇 차례 복귀를 가시화하긴 했지만, 한정훈의 입을 통해 나온 복귀 발언은 의미 자체가 달랐다.

"혹시 언제쯤일지 감히 물어봐도 될까요?"

브라이언이 다시금 한정훈에게 마이크를 넘겼다. 그러자 한정훈이 잠시 고심하더니 재미있는 말을 꺼냈다.

"다음번 시리즈 때 돌아오겠습니다."

"다음번 시리즈요?"

"네, 다음번 시리즈요."

"이거 벌써 심장이 벌렁거리는데요? 마지막으로 동료들과 팬 여러분에게 한 말씀 해주세요."

"복귀가 너무 늦어서 미안한 마음뿐입니다. 지금껏 잘 버터준 동료들과 팬들에게 진심으로 고마움을 전합니다. 아울러…… 양키즈의 월드 시리즈 3연패 달성에 최선을 다하겠습니다.”

한정훈의 입에서 월드 시리즈 우승이라는 말이 튀어나오자 양키즈 스타디움이 또다시 함성으로 뒤덮였다.

그 소리가 어찌나 크던지 구원 등판한 카일 존슨은 잔뜩 주눅이 들어버렸다. 그 결과 요다 벤츄라가 남겨놓은 주자 두 명을 모조리 홈으로 들여보내고 말았다.

그렇게 첫날 경기는 양키즈의 9 대 2 승리로 끝이 났다.

이튿날. 한정훈은 또다시 양키즈 스타디움을 방문했다. 이번에는 모처럼 미국에 온 박찬영 대표와 함께였다.

–한정훈의 옆자리에 있는 남자를 주목하십시오.

–미스터 박이군요. 많은 분이 기억하시는 메이저리거 박찬오의 친동생입니다. 아울러 한정훈의 에이전시 베이스 볼 61의 대표이기도 합니다.

–아울러 메이저리그의 슈퍼 에이전트 중 한 명이라고 불리고 있습니다.

–그런데 미스터 박이 뉴욕에 온 이유가 무엇일까요?

–속단하긴 이르지만, 재계약을 논의하기 위함이 아닐

까요?

–양키즈 스타디움에 왔다는 건 그 재계약의 대상이 양키즈란 의미겠죠?

–제발 그렇게 되길 간절히 바라봅니다.

양키즈 선수단에게도 박찬영 대표가 한정훈과 함께 관중석에 와 있다는 소식이 전해졌다.

“오늘 경기도 무조건 이겨야 해.”

“만약 오늘 형편없이 지면 한정훈의 에이전트가 다른 생각을 할지 모른다고!”

양키즈 타자들은 2차전에서도 활활 타올랐다. 전날 요다 벤츄라에 이어 로열스 선발 알렉 마인드를 4회에 끌어내리며 경기 초반부터 승기를 잡았다.

들쑥날쑥한 피칭으로 언론의 질타를 받아왔던 양키즈 선발 그렉 나이트도 모처럼 호투를 펼치며 팀 승리에 이바지했다.

6이닝 4피안타 1실점.

올 시즌 그렉 나이트의 최고의 피칭이었다.

“한정훈이 내일도 올까?”

“왔으면 좋겠어. 한정훈이 양키즈 스타디움에 온 날은 지금까지 전부 이겼으니까.”

양키즈 팬들은 셋째 날에도 한정훈이 방문해 주길 내심 기대했다. 하지만 한정훈은 양키즈 스타디움에 모습을 보이지 않았다.

그래서인지는 몰라도 3차전은 로열스가 가져갔다.

최종 스코어 8 대 2.

롱릴리프 로이 스튜어트가 두 번째 등판 기회를 잡았지만, 단단히 약이 오른 로열스의 타자들을 이겨내지 못했다.

그러나 조지 지라디 감독은 실망하지 않았다. 오히려 잘 던졌다며 로이 스튜어트를 독려했다.

타자들에게도 마찬가지였다. 앞선 두 경기와는 전혀 다른 빈공을 펼쳤지만, 그 누구에게도 잔소리를 늘어놓지 않았다. 잔소리는커녕 마치 승장이라도 된 것처럼 인터뷰 내내 실실 웃기까지 했다.

"조지 지라디 감독이 왜 저래?"

"그래도 2승을 챙겼으니 목표는 다 했다 뭐 이런 건가?"

양키즈 기자들이 못마땅한 눈으로 조지 지라디 감독을 바라봤다. 몇몇 기자는 조지 지라디 감독이 욕심이 부족하다며 성급히 기사를 작성하기까지 했다.

하지만 그것도 잠시.

"레드삭스전 선발 구성은 어떻게 됐습니까?"

모 기자의 질문에 조지 지라디 감독이 기다렸다는 듯이 입을 열자 기자들의 표정이 대번에 달라졌다.

"자, 잠깐만요! 지금 뭐라고 하신 거죠?"

"다시 한 번 말해야 하나요?"

"제발요! 제발 다시 한 번만 말씀해 주세요."

"하하. 그렇다면 좋습니다. 내일 경기 선발은 한정훈입니다."

놀라 입을 쩍 벌리는 기자들을 향해 조지 지라디 감독이 한껏 웃음을 터뜨렸다.

하지만 기자 중 누구도 조지 지라디 감독이 무례하다며 따지지 못했다. 그보다는 한정훈의 복귀 소식을 전하느라 정신이 없었다.

[충격 발표! 한정훈 내일 레드삭스전 선발 등판!]

[왕이 돌아온다! 한정훈 내일 선발!]

갑작스러운 소식에 양키즈 팬들도 당혹스러움을 감추지 못했다.

ㄴ진짜야? 이 기사가 진짜냐고!

ㄴ이럴 줄 알았어! 한정훈이 괜히 양키즈 스타디움에 온

게 아니었다고!

ㄴ크아아! 한정훈이야! 한정훈이라고!

ㄴ다들 진정해. 내일 한정훈이 선발로 등판하는 건 사실이겠지만 정상 컨디션일지는 지켜봐야 안다고.

ㄴ그게 뭐가 중요해? 한정훈이 온다고. 그것보다 더 중요한 게 있어?

ㄴ맞아. 설사 한정훈이 예전의 모습을 되찾지 못한다 할지라도 상관없어. 한정훈은 내 인생 최고의 투수라고!

ㄴ나도 마찬가지야. 한정훈은 한정훈이라고. 그 어떤 투수도 한정훈을 대신할 수는 없을 거야.

ㄴ그래도 난 한정훈이 완벽하게 부활했으면 좋겠어. 마운드에서 무너지는 한정훈은 도저히 지켜볼 자신이 없다고.

쏟아지는 기대와 우려 속에 하루가 지났다. 그리고 팬들은 다시 양키즈 스타디움으로 몰려들었다.

"정말 한정훈이 나올까?"

"설마 구단에서 이런 걸로 거짓말하겠어?"

"으아, 심장 떨려. 엊그제 경기장에 온 한정훈을 봤을 때도 눈물이 날 것 같았는데 마운드에 올라오는 모습을 보면 숨이 멎어버릴지도 몰라."

"정신 차려! 그리고 간절히 기도하라고. 한정훈이 제발 무사하게 돌아왔길 말이야.”

양키즈 팬들이 두 손을 꼭 모은 채로 불펜을 바라봤다.

잠시 후, 등번호 10번이 적힌 유니폼을 입은 선수가 마운드로 걸음을 옮겼다.

“한정훈!”

“여기 좀 봐! 여기 좀 보라고!”

한정훈을 알아본 관중들이 사방에서 소리를 내질렀다. 하지만 한정훈은 매정하게 고개조차 돌리지 않고 마운드 위에 올랐다. 그리고는 가볍게 몸을 푼 뒤에 곧장 연습 투구에 들어갔다.

펑!

대기 타석에서 한정훈의 연습 투구를 지켜보던 1번 타자 무키 베스가 피식 웃음을 흘렸다.

한정훈의 복귀 소식을 들을 때까지만 해도 기대와 불안함이 뒤섞여 있었는데 불안함은 바닥에 내려놓아도 될 것 같았다.

‘100%로 돌아왔을 리가 없지. 암.’

타석에 들어선 무키 베스가 단단히 방망이를 들어 올렸다. 혹시라도 한정훈의 실투가 들어온다면 망설이지 않고 휘두를 생각이었다.

그런데.

후앗!

한정훈이 힘껏 내던진 초구가 정말로 한복판을 향해 날아들었다.

'실투다!'

무키 베스는 반사적으로 방망이를 휘돌렸다.

조금 전 연습 투구 때 보여주었던 그 밋밋한 포심 패스트볼이라면, 예전처럼 100mile/h를 훌쩍 뛰어넘는 그 무지막지한 포심 패스트볼만 아니라면 번개 같은 스윙으로 타구를 담장 밖으로 날려 버릴 수 있을 것 같았다. 그런데.

'……!'

생각보다 빨리 날아든다 싶던 공이 어느 순간 시야 너머로 사라져 버렸다. 그러고는.

퍼엉!

묵직한 포구음이 무키 베스의 귓불을 때렸다.

"뭐, 뭐야?"

시원하게 헛방망이질을 한 무키 베스의 시선이 곧장 전광판으로 향했다. 그리고 잠시 후. 전광판에 104.3mile/h(≒167.9km/h)라는 구속이 선명하게 찍혔다.

무키 베스의 두 눈이 부릅떠졌다.

놀란 건 ESPM 중계진도 마찬가지였다.

—이, 이게 뭐죠?

—전광판이 고장 난 게 틀림없습니다. 그렇지 않고서야 저런 구속이 나올 리가 없죠.

—하지만 무키 베스의 방망이는 한정훈이 한복판에 던져 준 초구를 미처 때려내지 못했습니다.

—하아…… 이건 레드삭스 팬들에게는 악몽 같은 일입니다.

설마하니 한정훈이 이렇게 멀쩡히 돌아오리라고는 전혀 예상하지 못한 반응이었다.

만원 관중이 들어찬 양키즈 스타디움은 팬들의 함성 소리에 귀가 먹먹할 지경이었다.

그토록 기다려 왔던 한정훈이 이렇게 돌아와 준 것만으로도 고마운데 초구에 104.3mile/h이라니. 이건 한정훈이 부상에서 완벽하게 돌아왔다는 걸 의미했다.

양키즈 더그아웃에서도 환호성이 터져 나왔다. 설사 한정훈이 예전만큼 던져 주지 못하더라도 복귀전인 만큼 어떻게든 승리 투수로 만들어주자 다짐했던 게 무색해질 정도였다.

심지어 심판들마저 한정훈을 향해 미소를 지어 보였다.

양키즈 스타디움에 모인 모든 이가 한정훈의 건강한 복귀를 진심으로 반겼다. 오직, 원정 팀 더그아웃을 채운 레드삭스 선수들만 빼고 말이다.

특히나 이번 기회에 한정훈에게 당한 빚을 톡톡히 갚아주겠다던 무키 베스의 표정은 좀처럼 펴질 줄을 몰랐다.

–무키 베스, 좀처럼 타석에 들어서질 못하고 있는데요.

–보통 이런 식으로 초구에 한복판으로 포심 패스트볼이 들어오면 열이 받아야 정상인데요. 무키 베스는 오히려 타석에 들어가는 걸 두려워하는 느낌입니다.

–지금까지 한정훈을 상대로 별 재미를 못 봐서일까요?

–하하, 솔직히 한정훈을 상대로 강한 타자가 누가 있겠습니까?

–아니면 경기 전 인터뷰가 신경 쓰였을까요?

–한정훈을 정상의 자리에서 끌어내리겠다고 말했죠?

–아마 그때는 한정훈이 완벽하게 회복하리라고는 전혀 예상하지 못했을 텐데요.

–그렇다고 인제 와서 실수였다고 사과할 수도 없잖아요? 무키 베스, 방망이를 들어요. 삼진을 먹더라도 당당히 싸워야 합니다.

ESPM 중계진의 독려 속에 무키 베스가 한참 만에 타석에 들어섰다. 하지만 그의 눈동자는 갈 곳을 잃고 방황하고 있었다.

그런 무키 베스를 위해 아담 앤더슨이 또다시 포심 패스트볼 사인을 냈다.

미트는 과감하게 몸 쪽으로 붙여넣었다.

무키 베스가 가장 좋아한다는 코스였다.

한정훈은 가볍게 고개를 끄덕였다. 그리고 긴장감을 유지한 채 침착하게 투수판을 박차고 앞으로 나갔다.

후앗!

한정훈의 손끝에 걸린 공이 곧장 무키 베스의 몸 쪽을 파고들었다. 흠칫 놀란 무키 베스가 뒷걸음질을 치며 물러섰지만, 공은 스트라이크존 가장 깊숙한 곳을 통과한 뒤 그대로 아담 앤더슨의 미트 속에 파묻혔다.

퍼엉!

묵직한 포구 소리가 순식간에 양키즈 스타디움을 잠재웠다. 그리고 잠시 후.

104.4mile/h(≒168.0km/h)

미세하게나마 늘어난 구속이 양키즈 스타디움을 다시 열광의 도가니로 만들어버렸다.

-하하, 한정훈. 슬슬 구속을 끌어올리고 있습니다.

–고작 0.1mile/h 빨라졌을 뿐이라고 생각하는 사람들이 있을 것 같은데 초구는 한복판에 칠 테면 쳐 보라고 던진 공이었고 이번 공은 몸 쪽 꽉 차게 제구가 된 공이었습니다.

–조금 더 쉽게 설명해 보자면 초구는 한정훈이 마운드에 선 기쁨을 표출한 공이었다면 2구는 진짜 한정훈다운 공이 들어온 겁니다. 구속과 코스는 물론 무브먼트, 로케이션에 이르기까지 무엇 하나 흠잡을 데가 없는 완벽한 공 말입니다. 그런데 그 공의 구속이 더 빨라졌습니다. 이게 무엇을 의미할까요?

–그야 한정훈이 아직 완전히 타오르지 않았다는 소리죠.

–무키 베스, 지금 한정훈의 공을 넋 놓고 바라볼 때가 아닙니다.

–시간이 지나면 지날수록 더욱 터무니없는 공이 날아들 겁니다. 그 전에 어떻게든 방망이를 휘둘러야 해요.

양키즈 중계진이 보란 듯이 웃으며 무키 베스를 놀려댔다. 한정훈이 없는 양키즈 마운드를 상대로 올 시즌 4할에 가까운 맹타를 휘둘러 댄 무키 베스가 3구 삼진의 위기에 놓여 있으니 고소한 속내를 감출 수가 없었다.

"후우……."

무키 베스도 손바닥으로 헬멧을 힘껏 때렸다. 고작 그 정도로 정신이 번쩍 들진 않았지만 이대로 허무하게 물러서는 건 자존심이 허락하지 않았다.

'좋아, 어디 던져 봐라!'

무키 베스가 이를 악물며 방망이를 들어 올렸다. 이렇게 된 이상 눈에 보이는 족족 한정훈의 모든 공을 때려내 버릴 생각이었다.

하지만 한정훈이 던질 줄 아는 구종은 포심 패스트볼만 있는 게 아니었다.

후앗!

한정훈의 손끝을 빠져나온 공이 마지막 순간에 시야 밑으로 사라지고서야 무키 베스는 자신이 속았다는 사실을 깨달을 수 있었다.

퍼엉!

묵직한 포구 소리가 귓불을 때렸다.

"스트라이크, 아웃!"

구심의 삼진 콜이 동시에 터져 나왔다.

마지막 순간에 질근 눈을 감는 무키 베스의 모습이 카메라에 잡혔다.

3구 삼진.

올 시즌 MVP급 활약을 펼치던 무키 베스를 가볍게 잠재우며 한정훈이 자신의 귀환을 모두에게 알렸다.

—한정훈, 무키 베스를 3구 삼진으로 돌려세웁니다.

—마지막 공은 스플리터였는데요. 떨어지는 공의 움직임을 보십시오. 저건 누구도 치지 못할 것 같습니다.

ESPM 중계진은 몇 번이고 리플레이 화면을 돌리며 한정훈의 완벽한 투구에 빠져들었다.

앞서 두 개의 포심 패스트볼을 던져 무키 베스의 타이밍을 완전히 빼앗은 뒤 스플리터를 절묘하게 떨어뜨려 헛스윙을 이끌어내는 모습은 그 자체로 한 폭의 예술 작품처럼 느껴졌다.

—2번 타자 샌드 보가츠, 타석에 들어오는데요.

—존 헤럴 감독과 제법 많은 대화를 나누었는데요. 무슨 이야기를 했을까요? 한정훈의 공이 빠르니까 잘 보고 쳐. 이런 말장난을 하지는 않았을 것 같은데요.

—제 생각에는 한정훈을 흔들기 위해 뭔가 작전을 걸었을 것 같은데 글쎄요. 그게 통할지는 솔직히 의문입니다.

ESPM 중계진의 예상대로 샌드 보가츠는 초구에 투수 앞으로 기습 번트를 댔다.

한정훈이 발가락 부상의 트라우마까지 완벽하게 극복한

게 아니라면 분명 번트 타구 처리 때 어려움을 겪을 것이라고 판단한 것이다.

하지만 한정훈은 자신에게 굴러오는 타구를 가볍게 받아 든 뒤 1루수 그린 버드에게 정확하게 송구했다. 한 치의 군더더기조차 없는 동작에 발 빠른 샌드 보가츠는 채 반도 달리지 못하고 더그아웃 쪽으로 몸을 돌려야 했다.

그렇게 순식간에 두 개의 아웃 카운트가 올라갔다. 그리고 타석으로 3번 타자 마크 에르난데스가 들어왔다.

마크 에르난데스는 레드삭스 타자 중에 한정훈의 공을 가장 잘 공략해 냈다.

안타는 3개에 불과했지만, 전체적으로 타구의 질이 좋았다. 레드삭스 중계진도 마크 에르난데스가 타석에 들어설 때면 늘 큰 것 한 방 때려주길 기대할 정도였다.

슥, 스윽.

마크 에르난데스는 일단 타석부터 골랐다. 그리고 두 발을 단단히 파묻은 뒤 한정훈을 바라봤다.

누군가는 한정훈이 예전처럼 빠른 공을 던지지 못할 것이라고 말했다. 누군가는 한정훈이 예전처럼 경기를 지배하지 못할 것이라고 말했다.

동업자 정신이 없다고 할지도 모르겠지만 마크 에르난데스는 한정훈이 어느 정도 부상의 여파를 겪어주길 바랐다.

인간답지 않은 투수에서 벗어나 어느 정도 인간다운 느낌이 나는 투수가 되어주길 바랐다.

하지만 마운드에 서서 자신을 바라보고 있는 한정훈은 지난 3년간 질리게 보았던 그 한정훈이었다.

"후우……."

마크 에르난데스가 천천히 방망이를 들어 올렸다. 그러자 한정훈이 기다렸다는 듯이 공을 내던졌다.

퍼엉!

바람을 가르며 날아든 공이 순식간에 시야 너머로 사라져 버렸다.

"스트라이크!"

구심이 가볍게 오른팔을 들어 올렸다. 그러면서 마크 에르난데스 쪽을 바라봤다. 만에 하나 마크 에르난데스가 깊지 않았냐고 항의한다면 단호하게 한마디 해줄 생각이었다.

그러나 마크 에르난데스는 구심 쪽은 돌아보지도 않았다. 대신 전광판에 찍힌 구속을 쓱 바라보고는 고개를 절레절레 흔들어 댔다.

'정말 인간미라고는 전혀 없다니까.'

전광판에 찍힌 구속은 104.6mile/h(168.3km/h).

무키 배스에게 던진 포심 패스트 볼보다 0.2mile/h이나 더 빨려져 있었다.

'차라리 번트를 댈까?'

마크 에르난데스가 슬쩍 3유간을 바라봤다. 정상 수비를 펼치고 있는 유격수 로비 래프스나이더와 베이스 라인 쪽에 서 있는 3루수 요하니스 페데즈의 간격이 제법 넓게 느껴졌다.

하지만 마크 에르난데스는 기습 번트를 대겠다는 생각을 실행에 옮기지 못했다.

파앙!

한정훈이 기다렸다는 듯이 얼굴 높이로 커터를 붙여 넣었기 때문이다.

"볼!"

구심이 짧게 대답했다. 아담 앤더슨이 손목을 꺾어가며 스트라이크를 만들려 했지만 구심이 속아주질 않았다.

"후우……."

가까스로 투 스트라이크의 위기를 모면한 마크 에르난데스가 타석에서 벗어났다. 그리고 대기 타석 쪽으로 가 미끄럼 방지 스프레이를 집어 들었다.

"어때요?"

대기 타석에 서 있던 4번 타자 모렐 카스티요가 물었다.

"너까지 이어주진 못하겠다."

마크 에르난데스가 쓴웃음을 지었다. 한정훈이 언론들이 떠드는 만큼 다운 그레이드가 됐다면 또 모르겠지만 지금으로서는 도저히 안타를 때려낼 자신이 없었다.

다시 타석에 들어선 마크 에르난데스가 천천히 방망이를 들어 올렸다.

원 스트라이크 원 볼.

초구에 포심 패스트볼, 2구째 커터가 들어왔으니 다시 포심 패스트볼이 들어올 가능성이 커 보였다.

아니나 다를까.

후앗!

한정훈의 손끝을 빠져나간 공이 한복판을 지나 바깥쪽으로 사라져 버렸다. 마크 에르난데스가 반사적으로 방망이를 내돌려 봤지만, 공은 그보다 먼저 미트 속으로 사라져 버렸다.

–한정훈! 바깥쪽에 꽉 찬 포심 패스트볼로 두 번째 스트라이크를 잡아냅니다. 마크 에르난데스, 꼼짝도 못 했는데요.

–아마 좌타자 입장에서 조금 전, 공은 바깥쪽으로 도망치는 공처럼 보였을 겁니다.

–그런데도 정확하게 구심의 스트라이크존에 걸쳐 들어갔습니다. 게다가 구속도 104.6mile/h이 나왔고요.

–이게 바로 한정훈의 공입니다. 다들 한정훈의 사이영상 4연패는 어려울 거라고 전망했는데요. 제 생각에 사이영상 경쟁은 이제부터 시작일 것 같습니다.

양키즈 중계진의 말을 듣기라도 한 듯 한정훈은 4구째 몸쪽 하이 패스트볼을 던져 마크 에르난데스를 삼진으로 돌려세웠다.

마크 에르난데스가 이를 악물고 방망이를 휘돌려 봤지만, 한정훈 특유의 뻗어 오르는 듯한 무브먼트를 이겨내지 못했다.

한! 한! 한! 한!

한! 한! 한! 한!

한정훈이 세 타자를 깔끔하게 처리하고 마운드를 내려가자 양키즈 스타디움 곳곳에서 한 콜이 터져 나왔다.

"정훈! 역시 네가 최고야!"

"잘 돌아왔어, 에이스!"

양키즈 선수들도 앞다투어 한정훈에게 손바닥을 내밀었다. 그 행렬에 양키즈의 코칭스태프는 물론이고 조지 지라디 감독까지 줄을 설 지경이었다.

반면 레드삭스 더그아웃의 표정은 딱딱하게 굳어 있었다.

"다들 왜 그래? 한정훈이잖아. 원래 저랬다고."

"자, 자! 기운 내자고!"

몇몇 베테랑이 나서서 분위기를 다잡아 보려 했지만, 선수 중 누구도 입가에 미소를 보이지 않았다.

"로드리게스, 한정훈도 오래 버티지는 못할 거다. 그때까지 마운드 싸움에서 밀리면 안 돼."

존 헤럴 감독이 선발 에두아르 로드리게스를 붙들고 말했다.

한정훈의 포심 패스트볼 구속이 전광판을 뜨겁게 달구어 놓았지만 존 헤럴 감독은 한정훈의 완벽한 귀환을 믿지 않았다. 구속은 회복했을지 몰라도 체력적으로는 아직 문제가 있을 것이라고 여겼다.

"저도 더 이상 2인자로 남을 생각 없습니다."

에두아르 로드리게스가 입술을 질근 깨물었다. 올 시즌 아메리칸리그의 가장 강력한 사이영상 후보 중 한 명으로 꼽히는 그에게 한정훈은 기필코 넘어야 할 산이나 다름없었다.

"후우……."

마운드에 오른 에두아르 로드리게스가 길게 숨을 골랐다. 덩달아 포수 블랭크 스위트하트의 얼굴에도 긴장감이 번졌다.

반면 타석에 들어선 브라이언 리는 기세등등한 모습이었다.

올 시즌 에두아르 로드리게스를 상대로 브라이언 리는 1할대의 타율을 기록 중이었다.(1/6) 통산 타율을 놓고 보더라도 에두아르 로드리게스 앞에서 어깨를 펼 상황은 아니었다.

그러나 브라이언 리는 당당하게 방망이를 들어 올렸다. 그리고 에두아르 로드리게스의 초구와 2구를 지켜본 뒤 3구째 몸 쪽 포심 패스트볼이 들어오자 힘껏 방망이를 내돌렸다.

따악!

묵직한 타격음과 함께 타구가 1루 파울 라인을 살짝 벗어났다. 그와 동시에 양키즈 스타디움 곳곳에서 진한 아쉬움이 터져 나왔다.

–브라이언 리, 날카로운 스윙이었습니다.

–타이밍이 조금 빠르긴 했지만 나쁘지 않은 타격이었다고 생각합니다.

–사실 브라이언 리의 최근 타율이 좋지 않아서 걱정이 많았었는데요.

–한정훈이 돌아왔으니까요. 절대 질 것 같지 않는 에이스가 마운드 위에서 버텨준다면 타자의 방망이도 그만큼 가벼워질 수밖에 없습니다.

타자 출신 호르에 포사다의 말처럼 브라이언 리는 3개의 파울 타구를 더 만들어낸 뒤 유격수 땅볼로 물러났다.

잘 맞은 타구가 유격수 샌드 보가츠의 글러브에 걸리면서 안타 생산에는 실패했지만 최근 부진했던 모습을 이 한 타석으로 단번에 털어내 버렸다.

뒤이어 타석에 들어선 2번 타자 비비 그레고리우스도 에두아르 로드리게스를 끈질기게 물고 늘어졌다.

초구와 2구째 들어온 포심 패스트볼이 스트라이크 판정을 받으며 궁지에 몰렸지만 연이은 유인구를 전부 골라내며 결국 풀카운트 승부까지 끌고 갔다. 그러고는.

따악!

기어코 1, 2루 간을 꿰뚫는 안타를 때려냈다.

—비비 그레고리우스, 어제에 이어 오늘도 안타를 때려냅니다.

—올해 수비력이 예전만 못하다는 평가를 받고 있는데요. 공격에서는 확실히 제 몫을 다 해 주는 것 같습니다.

—1사 1루 상황에서 요즘 한창 뜨거운 타격감을 자랑하는 요하니스 페데즈의 타석이 돌아왔습니다.

—에두아르 로드리게스, 아마 긴장해야 할 겁니다. 요하니스 페데즈를 막지 못하면 그다음은 양키즈의 거포 트리오, 그린 버드와 제이크 햄튼, 황을 상대해야 합니다.

한정훈의 메이저리그 복귀전을 긴급 편성한 콕스 TV 중계진이 긴장감을 고조시켰다.

요하니스 페데즈도 문제지만 클린업 트리오 같은 양키즈의 4—5—6번 타순 앞에서 주자를 쌓아두는 건 자살 행위나 마찬가지라며 경고했다.

다행히도 에두아르 로드리게스는 요하니스 페데즈를 상대로 4구째 바깥쪽 포심 패스트볼을 던져 중견수 플라이를 이끌어냈다. 그리고 그린 버드를 풀카운트 접전 끝에 2루수 땅볼로 유도했다.

—에두아르 로드리게스! 한정훈을 맞아 빈틈없는 투구를 선보였습니다.

—비비 그레고리우스에게 안타를 하나 내주긴 했지만 1회를 잘 막아냈습니다. 특히나 요하니스 페데즈와 그린 버드와의 승부가 좋았습니다.

레드삭스 중계진은 에두아르 로드리게스가 무실점으로 1회를 틀어막았다며 극찬을 아끼지 않았다.

하지만 그건 누가 보더라도 한정훈을 내세운 양키즈와의 기 싸움에서 밀리지 않기 위한, 발악에 가까운 립 서비스나 다름없었다.

하지만 그 립 서비스조차 3회가 끝나면서 자취를 감춰 버렸다.

—아직 전광판의 스코어는 0 대 0입니다만 동점 상황이라고 느껴지지 않는 이유는 무엇일까요?

—간단합니다. 한정훈은 레드삭스의 9명의 타자를 상대로 탈삼진 6개를 솎아내며 피안타, 사사구 없이 퍼펙트 피칭을 이어가고 있습니다. 투구 수도 고작 28구에 불과하죠. 반면 에두아르 로드리게스는 벌써 3개째 안타를 허용했습니다. 실점하진 않았지만, 탈삼진은 단 1개뿐이고 투구 수는 벌써 60구를 넘어섰습니다.

—정확하게 63구인데요.

—63구면 이닝당 21구 꼴입니다. 에두아르 로드리게스의 올 시즌 이닝당 평균 투구 수가 14.7구인 걸 감안하면 1.5배 가까운 수치죠.

—이닝당 평균 14.7구를 던졌고 평균 7이닝 정도를 소화했으니 한계 투구 수를 100구 정도로 봐야 할 것 같은데요.

—에두아르 로드리게스는 이번 이닝이 고비일 수 있습니다. 4번 타자 그린 버드부터 타석에 들어오니까요.

—레드삭스 입장에서도 타순이 한 바퀴 돈 만큼 한정훈의 공에 대해 적응을 해나가야 할 텐데요.

—글쎄요. 그보다는 한정훈이 얼마나 잘 준비해 왔는지부터 확인해 봐야겠죠. 아무래도 부상 복귀 후 첫 경기니까요. 경기 감각이나 체력적인 부분에서 문제가 드러날 가능성도 배제할 수 없을 것 같습니다.

콕스 TV 중계진의 조심스러운 전망 속에 한정훈이 또다시 마운드에 올랐다.

타석에 들어선 건 1번 타자 무키 베스.

앞선 타석 삼진의 치욕을 씻어내기 위해 단단히 이를 악물고 있었다.

하지만 아담 앤더슨은 일말의 망설임도 없이 무키 베스의 몸 쪽으로 미트를 붙여넣었다. 그리고 한정훈은 아담 앤더슨의 미트를 향해 정확하게 포심 패스트볼을 꽂아 넣었다.

퍼엉!

대포 소리 같은 포구음이 무키 베스의 귓불을 때렸다.

"후우……."

미처 타이밍조차 잡지 못한 무키 베스가 무겁게 한숨을 내쉬었다.

전광판에 찍힌 구속은 104.8mile/h(≒168.7km/h).

하지만 체감 구속은 110mile/h(≒177.0km/h)라고 해도 이상하지 않을 정도였다.

'대체 지난 몇 개월간 뭘 한 거야?'

무키 베스가 불신 어린 눈으로 한정훈을 바라봤다. 한정훈이 지난 몇 년간 꾸준히 활약을 해왔다고는 하지만 부상에서 돌아온 직후에도 예전과 다를 것 없는 공을 던진다는 사실이 믿기지 않았다.

'둘 중 하나야. 정말로 인간이 아니든가 아니면…… 약을 했든가.'

보는 눈이 많은 메이저리그에서 약물에 의존하기란 쉬운 일이 아니었다. 하지만 그 가능성이 한정훈이 외계인일 가능성보다는 더 크게 느껴졌다.

퍼엉!

잠깐 잡생각에 빠진 사이 한정훈이 내던진 공이 바깥쪽 먼 코스를 파고들었다.

백도어성 투심 패스트볼.

우타자들을 상대로 볼카운트를 잡아내는 한정훈의 주된 레퍼토리 중 하나였다.

타순이 한 바퀴 돌면 한정훈이 투심 패스트볼과 커터, 스플리터의 비중을 높인다는 걸 모르는 타자는 아무도 없었다. 하지만 알고 있다고 해서 모든 공을 다 때려낼 수 있는 건 아니었다.

'괜찮아. 어차피 건드려 봐야 파울이었을 거야.'

무키 베스가 애써 마음을 다잡았다. 순식간에 투 스트라이크로 몰리긴 했지만, 정신만 바짝 차리면 아직 기회는 남아 있다고 여겼다.

게다가 빠른 공 위주의 볼 배합 덕분에 노림수를 가져가기도 편했다.

'포심과 투심이 들어 왔으니까 이번에는 체인지업이겠지.'

무키 베스가 방망이를 들어 올렸다. 그런데…….

후앗!

한정훈의 손끝을 빠져나온 공이 곧장 한복판으로 날아들었다.

'실투다!'

무키 베스는 망설이지 않고 방망이를 내돌렸다. 노리던 체인지업은 아니었지만, 한정훈이 모처럼 던져 준 실투를 놓칠 수는 없다고 여겼다.

하지만 포심 패스트볼처럼 날아들던 공은 마지막 순간이 뚝 하고 떨어지더니 무키 베스의 시야 밑으로 사라져 버렸다.

'포크볼!'

무키 베스의 얼굴이 와락 일그러졌다. 그사이 바운드된 공을 안정적으로 포구한 아담 앤더슨이 공을 쥔 미트로 무키 베스의 옆구리를 찍어 눌렀다.

–무키 베스, 두 번째 타석에서도 삼진을 당하고 맙니다.

–한정훈의 포크볼에 완전히 속아버렸는데요.

–그것보다 앞선 두 개의 패스트볼을 지켜만 봤다는 게 이해가 되지 않습니다. 컨트롤이 좋은 한정훈을 상대로 볼카운트가 몰리면 그 어떤 타자도 승산이 없는데 말이죠.

—존 헤럴 감독, 지금쯤이면 속이 새까맣게 타들어 갈 것 같은데요.

—한정훈이 없는 양키즈를 상대로 여유롭게 지구 선두를 유지해 왔었으니까요. 내심 한정훈의 복귀가 늦어지거나 회복이 더디길 바랐을지도 모르겠습니다만 진짜 한정훈이 돌아와 버렸죠.

—네, 그야말로 왕의 귀환입니다.

콕스 TV 중계진은 쉬지 않고 한정훈을 찬양했다. 그 소리를 듣기라도 한 듯 한정훈은 2번 타자 샌드 보가츠와 3번 타자 마크 에르난데스를 유격수 앞 땅볼과 삼진으로 돌려세우고 이닝을 끝마쳤다.

그리고 이어지는 4회 말 공격에서 양키즈 타선이 기어코 폭발했다.

—큽니다! 쭉 뻗어 날아갑니다.

—넘어갔네요. 그린 버드! 한정훈의 복귀를 축하하는 선제 솔로 홈런을 터뜨립니다!

4번 타자 그린 버드의 홈런포를 시작으로 양키즈는 4회에만 6개의 안타를 몰아쳐 3득점을 올렸다.

제이크 햄튼이 홈에서 아웃되면서 더 많은 점수를 뽑아내는 데 실패했지만 양키즈 스타디움은 벌써부터 승리의 환호성이 울려 퍼졌다.

—3점이면 충분하죠?

—그럼요. 3점이면 충분합니다. 그 이유가 궁금하다면 지금 누가 마운드에 오르는지 똑똑히 지켜보십시오.

호르에 포사다의 말이 떨어지기가 무섭게 중계 카메라가 마운드를 비췄다. 에두아르 로드리게스가 힘겹게 버텼던 그 자리는 어느새 한정훈이 차지한 뒤였다.

양키즈 중계진의 기대에 부응하듯 한정훈은 4번 타자 모렐 카스티요부터 시작된 레드삭스의 5회 초 공격을 깔끔하게 지워 버렸다.

그것만으로는 부족했던지 6회와 7회까지도 퍼펙트로 이닝을 마쳤다.

"이거 이러다가……!"

"쉿! 조용히 해!"

7회 초.

한정훈이 마운드를 내려가자 매해 이어지던 기립박수가 뚝 끊겼다. 한정훈의 성을 따라 부르는 한 콜도 사라졌다.

—양키즈 스타디움이 조용해졌습니다. 이유가 뭘까요.

—양키즈 팬들은 욕심이 정말 많은 것 같습니다. 한정훈이 이렇게 완벽한 모습으로 돌아왔는데 그 이상을 원하니 말입니다.

—하지만 터무니없는 걸 욕심내지는 않는 거 같은데요.

—네, 아직 8회와 9회가 남았습니다만 한정훈이라면 충분히 팬들이 원하는 그 무언가를 이뤄낼 가능성이 큽니다.

—혹시라도 지금 막 중계 채널을 보신 시청자 여러분을 위해 몇 마디 더 덧붙이자면 양키즈의 에이스 한정훈이 레드삭스를 상대로 7회까지 완벽한 피칭을 이어가고 있습니다. 그리고 남은 두 이닝까지 안타와 실점 없이 잘 막아낸다면 위대한 기록을 하나 더 추가할 수 있습니다.

콕스 TV 중계진은 한정훈의 대기록 작성이 초읽기에 들어갔다고 말했다.

만약 마운드에 다른 선수가 서 있었다면 최소 8회까지는 지켜봤을 것이다. 그것으로도 모자라 9회에 아웃 카운트가 하나 이상 올라가는 걸 확인해야 대기록에 대한 이야기를 입에 올렸을 것이다.

하지만 지난 3년간 6번의 퍼펙트게임과 4번의 노히트노런을 달성한 한정훈이라면 이야기가 달랐다.

지난 3년간 한정훈이 7이닝 퍼펙트를 기록한 건 총 26회.

그중 대기록으로 이어진 게 10번이니 대기록 달성 확률만 38.5%에 달했다.

–8회까지 넘긴다면 우리는 완벽한 에이스의 복귀전을 볼 수 있게 됩니다.

–정말 기대가 되는데요. 입이 근질거려서 미치겠습니다.

양키즈 중계진들도 한정훈이 8회만 넘기면 대기록 달성은 확실하다고 전망했다.

굳이 한정훈이 각 팀 하위 타선에게 얼마만큼 강했는지 언급하지 않았다. 9회에 얼마나 대단한 집중력을 보여줬는지도 생략했다.

말하지 않아도 팬들은 알고 있었다. 각 팀의 중심 타선이 아니고서야 한정훈의 대기록을 깰 수 있는 선수는 없다는 사실을 말이다.

레드삭스 존 헤럴 감독도 타석에 들어서려는 모렐 카스티요를 붙잡고 한참 동안 잔소리를 늘어놓았다.

"모렐, 포심 패스트볼을 노려. 분명 포심 패스트볼로 카운트를 잡으려고 할 거야."

"포심이요? 감독님, 지금 8회예요. 한정훈이 한창 변화구

비중을 늘릴 때라고요.”

“그건 평소의 한정훈일 때의 이야기고. 지금은 달라. 대기록을 앞에 두고 긴장하고 있을 거라고. 게다가 부상의 후유증도 어떻게든 남아 있을 거야. 조금이라도 빠지면 장타를 얻어맞을 변화구보다는 빠른 공, 특히 포심 패스트볼로 공략해 들어올 게 분명해!”

존 헤럴 감독은 변화구를 머릿속에서 지워 버리라고 주문했다. 설사 한정훈이 변화구를 던지더라도 포심 패스트볼 하나만 진득하게 노려서 공략하라고 말했다.

하지만 일찌감치 한정훈의 체인지업을 노리고 있었던 모렐 카스티요는 존 헤럴 감독의 조언을 깨끗하게 무시해 버렸다.

“대체 무슨 소릴 하는 거야? 지금 노려야 할 공은 체인지업이라고.”

앞선 타석 때 모렐 카스티요는 팀의 첫 안타를 때려낼 뻔했다. 투 스트라이크 노 볼 상황에서 바깥쪽으로 휘어져 나가는 변종 체인지업을 밀어쳤는데, 그게 파울 라인 근처에 떨어지는 아슬아슬한 타구로 이어진 것이다.

존 헤럴 감독이 정말 파울이냐고 1루심에게 직접 확인을 할 정도로 타구의 코스는 좋았다. 그래서 모렐 카스티요는 한정훈이 이번 타석 때도 같은 코스의 체인지업을 던질 거라 여겼다.

자신의 공에 타이밍을 맞춘 타자를 상대로 똑같은 코스와 구종의 공을 던져 기 싸움을 하는 한정훈의 특성상 그냥 넘어가진 않을 것이라고 확신했다.

'일단 스트라이크를 하나 잡고 난 다음에 들어오겠지.'

모렐 카스티요의 예상대로 한정훈의 초구는 몸 쪽 꽉 차게 들어왔다.

104.6mile/h(≒168.3km/h)짜리 포심 패스트볼.

몸 쪽을 노리고 있었다 하더라도 때려내기 어려운 공이었다.

'괜찮아. 어차피 버릴 공이었어.'

모렐 카스티요는 마음을 다잡았다. 그리고 다시금 단단히 방망이를 들어 올렸다.

'이 녀석, 설마 그 공을 노리는 건가?'

몸 쪽 공을 좋아하는 모렐 카스티요가 초구를 거르자 아담 앤더슨이 미간을 찌푸리더니 2구째 바깥쪽으로 흘러나가는 커터를 요구했다.

사인을 확인한 한정훈이 가볍게 고개를 끄덕거렸다.

아직 커터의 감각이 100% 살아난 건 아니지만 바깥쪽으로 도망치는 유인구라면 충분히 가능할 것 같았다.

"후우……."

길게 숨을 고르며 한정훈이 아담 앤더슨의 미트를 바라봤다. 다들 한정훈의 대기록에 관심을 가지고 있었지만, 한정훈의 머릿속에는 단 하나의 생각밖에 없었다.

모렐 카스티요를 잡자.

자신이 없는 동안, 양키즈를 상대로 벌써 3개의 홈런을 몰아친 모렐 카스티요의 기세를 이번 기회에 완벽하게 꺾고 싶었다.

한정훈이 투수판을 밟자 모렐 카스티요도 반사적으로 방망이를 움직였다. 그 순간.

후앗!

한정훈의 손끝에서 새하얀 공이 튕겨 나왔다.

코스는 바깥쪽.

투수판 오른쪽 끝을 밟고 던지는 한정훈의 특성상 공이 거의 일직선으로 날아들었다.

'이건…….'

고민할 새도 없이 모렐 카스티요가 방망이를 내돌렸다. 노리던 체인지업은 아니었다. 하지만 노리고 있던 바깥쪽 코스로 들어오는 공이었다.

상대 투수가 한정훈이고 이 공을 지켜볼 경우 투 스트라이크가 된다는 걸 감안했을 때 이대로 흘려보낼 수는 없다고 여겼다. 하지만.

퍼억!

마지막 순간에 날카롭게 꺾여 도망가는 공의 무브먼트 앞에 모렐 카스티요의 방망이는 허공을 가를 수밖에 없었다.

투 스트라이크 노 볼.

타자 입장에서는 절망적인 볼카운트가 찾아왔다.

'미치겠군.'

모렐 카스티요는 타석 밖에서 한참 동안 뜸을 들였다. 가능만 하다면 그대로 십 분이고 이십 분이고 머릿속이 정리될 때까지 시간을 끌었을지 몰랐다.

하지만 신인 투수도 아니고 사이영상을 3연패 한 한정훈이 기다리고 있는데 무턱대고 시간을 지연시키는 걸 용납할 구심은 없었다.

"모렐! 뭐 하는 거야?"

"잠깐만요."

"빨리 타석에 들어와. 어서! 여기 양키즈 스타디움이야. 보스턴 파크가 아니라고."

구심의 독촉속에 모렐 카스티요가 마지못해 타석에 들어섰다.

모렐 카스티요의 머릿속은 그야말로 엉망진창이었다. 바

깥쪽 체인지업을 기다렸어야 했다는 자책감과 투 스트라이크로 몰린 상황에서 체인지업을 계속 노릴 수는 없다는 현실, 그러면서도 한정훈이 기어코 바깥쪽 체인지업을 던질 것 같은 기대감까지 뒤섞이면서 모렐 카스티요를 이러지도 저러지도 못하게 만들었다.

그러자 아담 앤더슨이 짓궂은 사인을 냈다.

'정훈, 오랜만에 이거 어때?'

사인을 확인한 한정훈이 냉큼 글러브로 입을 가렸다. 실로 뜬금없는 요구에 자신도 모르게 웃음이 터져 버린 것이다.

하지만 모렐 카스티요는 갑작스러운 한정훈의 행동을 눈치채지 못했다. 그저 한정훈이 입가가 간지러워서 글러브 끝으로 긁는 것이라고만 여겼다.

'포심. 그래, 감독 말대로 포심이 들어올 거야. 그것도 몸쪽으로.'

모렐 카스티요가 이내 입술을 질근 깨물었다. 그러고는 한정훈이 투구 동작에 들어가기도 전에 일찌감치 테이크백 자세에 들어갔다.

그 모습을 바라보던 한정훈의 입가로 슬쩍 웃음이 번졌다. 하지만 그것도 잠시. 키킹을 시작하기가 무섭게 언제 그랬냐는 듯 매서운 눈으로 모렐 카스티요를 노려보며 공을 내던졌다.

후앗!

한정훈의 손끝에서 로진 가루가 비산했다. 그 속에서 새하얀 공이 빠르게 회전하며 앞으로 튕겨 나왔다.

모렐 카스티요는 이 공이 포심 패스트볼일 거라는 사실을 믿어 의심치 않았다. 한정훈의 투구 폼과 기세, 기합 소리까지 모든 게 포심 패스트볼을 던지고 있다고 말해주고 있었다.

하지만 정작 공은 하늘 높이 치솟더니 모렐 카스티요의 성급한 스윙을 지나쳐 뚝 하고 떨어져 내렸다. 그러고는 아담 앤더슨의 미트 속에 정확하게 빨려 들어갔다.

너클 커브.

레퍼토리에 포크볼이 추가된 이후 거의 던지지 않던 그 공이 하필 이 시점에 튀어나왔다.

'빌어먹을!'

시원하게 방망이를 내돌린 모렐 카스티요가 고개를 숙인 채 더그아웃으로 들어갔다. 그리고 잠시 후 5번 타자 재키 브레디 주니어를 대신해 대타가 타석에 들어왔다.

-존 헤럴 감독, 이 시점에서 대타를 기용하는데요.

-마이클 초이입니다. 오늘 메이저리그에 올라온 선수인데요. 한정훈과 같은 한국 태생이죠.

—미국에서 고등학교를 졸업했고 드래프트를 통해 레드삭스에 입단했습니다. 재미있는 건 이 선수가 과거 한 차례 한정훈 선수를 상대한 경험이 있다고 하는데요.

—오, 그래요? 결과가 어땠나요?

—하하, 아버지이자 스카우터인 제임스 킴은 그 결과까진 가르쳐 주지 않았습니다. 하지만 이 상황에서 한정훈을 상대하기 위해 대타로 기용된 걸 봐서는 형편없이 밀리지는 않았던 것 같습니다.

콕스 TV 중계진은 아무 이유 없이 신인인 마이클 초이가 오늘 메이저리그에 콜업되지는 않았을 거라 여겼다.

'한정훈, 오랜만이다.'

타석에 들어선 마이클 초이도 매서운 눈으로 한정훈을 노려봤다.

거의 십 년이 다 되어가는 일이라 한정훈은 잊고 있을지 모르겠지만 그날 이후 마이클 초이의 목표는 타도 한정훈이었다.

한정훈이 메이저리그 최고의 투수 반열에 오른 이후로는 더욱 악착같이 한정훈을 따라잡기 위해 노력했다.

덕분에 마이클 초이는 레드삭스 마이너리그 중에서 패스트볼을 가장 잘 때리는 선수로 인정받았다. 거기에 한정훈과의 인연까지 겹치면서 한정훈의 복귀전에 메이저리그에 올라오게 됐다.

"장타는 필요 없어. 흐름만 끊으라고."

존 헤럴 감독은 마이클 초이가 간결한 타격으로 안타를 때려주길 기대했다. 덩치만 믿고 무식하게 방망이를 휘둘러 봐야 한정훈의 포심 패스트볼을 따라잡지 못할 거라 여겼다.

하지만 마이너리그에서 100mile/h(160.9㎞/h)대의 포심 패스트볼을 충분히 상대해 온 마이클 초이는 자신의 스윙을 굳게 믿었다.

'어디 던져 봐라!'

마이클 초이가 단단히 이를 악물었다.

그 순간.

파앙!

한정훈의 손끝을 빠져나간 공이 순식간에 홈 플레이트를 스쳐 지나갔다.

'뭐, 뭐야?'

깜짝 놀란 마이클 초이가 뒤를 돌아봤다. 그러자 아담 앤더슨이 피식 웃으며 말했다.

"뭘 그렇게 놀라? 포심 패스트볼 처음 봐?"

"크윽!"

마이클 초이는 다시 입술을 깨물었다. 한정훈의 포심 패스트볼이 생각보다 훨씬 빠르긴 했지만, 스윙 타이밍을 빠르게 가져간다면 어떻게든 맞춰낼 수 있을 거라 여겼다.

하지만 한정훈이 2구째 내던진 백도어성 투심 패스트볼은 노린다고 해서 때려낼 수 있는 공이 아니었다. 3구째 몸 쪽으로 내던진 하이 패스트볼도 마찬가지.

ESPM에서 2020년대 최고의 마구라고 추켜세우고 있는 솟구치는 듯한 포심 패스트볼은 건드리는 것조차 쉽지 않았다.

"스트라이크, 아웃!"

결국, 존 헤럴 감독이 야심 차게 내세운 마이클 초이마저 3구 삼진으로 물러나면서 8회 초 레드삭스의 공격도 삼자범퇴로 끝이 났다.

그리고 9회 초, 한정훈이 오늘 경기 최고 구속을 다시 한번 끌어올리며 7, 8, 9번 세 타자를 깔끔하게 요리했다.

9이닝 무피안타 무사사구 무실점 탈삼진 17개.

최고 구속 105.3mile/h(≒169.4km/h).

시즌 첫 퍼펙트게임(개인 통산 7번째).

그렇게 왕이 돌아왔다.

149장
레전드

양키즈가 한정훈 없이도 레드삭스와 지구 선두 다툼을 이어가자 몇몇 전문가는 다음과 같이 말했다.

"이제 양키즈는 한정훈이 없더라도 충분히 경쟁력 있는 팀이 된 것 같습니다."

"제 생각도 같습니다. 한정훈이 완벽하게 회복할 수 있을지 장담하기 어려운 상황인 만큼 양키즈 구단도 신중할 필요가 있습니다."

"대부분의 양키즈 팬이 한정훈과의 재계약을 바라고 있다는 거 잘 알고 있습니다. 하지만 한정훈 한 명에게 그만한 투자를 할 필요가 있을지는 다시 한 번 생각해 봐야 합니다."

"한정훈의 올 시즌 연봉은 7,500만 달러입니다. 이런저런

옵션까지 다 충족시키면 8,000만 달러를 거뜬히 넘기겠죠. 게다가 내년 연봉은 기본 8,500만 달러입니다. 어지간한 에이스급 투수 두 명 이상의 몸값을 한정훈 한 사람에게 줘야 한다는 이야기죠."

"만약 한정훈이 부상 회복 이후 작년과 같은 퍼포먼스를 보여준다면 계약을 하는 것도 나쁠 것 같지 않습니다. 하지만 만에 하나라도 한정훈의 페이스가 예년만 못하다면 양키즈 팬들도 냉정해져야 합니다. 큰돈을 받고 장기 계약을 했다가 부상 이후 나락으로 떨어진 투수들은 메이저리그에 셀 수도 없이 많으니까요."

연말에 있을 한정훈과의 재계약에 대해 걱정하는 전문가들의 지적은 한결같았다. 한정훈이 부상을 당하기 이전으로 돌아갈 가능성이 낫다는 것이었다.

물론 양키즈 팬들은 한결같은 목소리로 한정훈을 응원했다.

ㄴ한정훈과 재계약을 포기하라고? 누가 감히 그딴 말을 지껄이는 거야?

ㄴ정말로 한정훈 없이도 양키즈가 잘 돌아간다고 생각하는 거야?

ㄴ지금의 성적은 일시적인 거야. 다들 한정훈이 돌아올 거라고 굳게 믿고 버티는 것뿐이라고. 만약 양키즈의 로스터에

서 한정훈이 빠져 버린다면 그때는 상황이 달라질걸?

ㄴ다른 거 다 필요 없고 하나만 이야기하자고. 양키즈가 한정훈과의 재계약을 포기했다고 쳐. 그럼 다른 구단이 가만 있을 거 같아? 레드삭스가 낚아채 가면 어쩔 건데? 그때부터 최소 5년간 양키즈의 지구 우승은 물론이고 월드 시리즈 우승은 물 건너가는 거라고.

ㄴ한정훈이 비싸다고 떠드는 인간들은 이해할 수가 없어. 한정훈이 오면서 양키즈가 얼마나 많이 달라졌는지 생각해 보라고. 향후 10년간은 불가능할 거라던 월드 시리즈 우승을 두 번이나 차지했다고.

ㄴ한정훈의 개인 실력만 놓고 보자. 한정훈처럼 젊은 나이에 사이영상을 3연패 한 투수가 지금 누가 있지?

ㄴ클레이튼 커셔를 한정훈에게 가져다 붙이지 좀 마. 한정훈은 적어도 누구처럼 포스트시즌만 가면 죽 쑤는 선수가 아니라고. 오히려 포스트시즌에서 더 강한 모습으로 팀을 우승시키는 선수지.

ㄴ만약 양키즈가 한정훈과 계약을 포기한다면 난 한정훈을 따라 팀을 옮기겠어. 그편이 마음 편히 우승을 즐기는 유일한 방법일 테니까.

ㄴ나도 마찬가지야. 내 할아버지 때부터 우리 집안은 양키즈였지만 한정훈 없는 양키즈는 아무 의미가 없다고.

팬들의 반발이 거세지자 브라이언 캐시 단장은 한정훈과 재계약을 위해 최선을 다하겠다는 뜻을 밝혔다. 아울러 적어도 돈 때문에 한정훈을 놓치는 바보 같은 결정을 내리지 않겠다고 약속했다.

뉴욕 언론은 브라이언 캐시 단장이 자신의 자리를 지키기 위해 구단의 돈을 펑펑 쓰려 한다며 경계의 목소리를 냈다.

지금도 메이저리그 최고의 몸값을 받고 있는 한정훈에게 그 이상의 돈 보따리를 푼다면 팀 캐미스트리가 깨질지도 모른다고 우려했다.

하지만 브라이언 캐시 단장은 언론의 비난에 흔들리지 않았다. 꿋꿋하게 중심을 잡고 한정훈의 복귀를 기다렸다.

그 이면에는 한정훈이 실력으로 모든 불만을 잠재울 거란 믿음이 숨겨져 있었다. 그리고 그 믿음은 정확하게 현실이 되었다.

[한정훈 3연승 질주! 양키즈 레드삭스 제치고 지구 선두 탈환!]

[한정훈 19K 시즌 두 번째 퍼펙트게임 달성!]

[한정훈 7승! 양키즈 50승 선착! 레드삭스를 5경기 차이로 따돌려!]

[한정훈 5월에 이어 6월 아메리칸리그 MVP로 선정!]

[한정훈 전반기 10승 달성! 4년 연속 올스타 게임 선발투수로 낙점!]

한 달을 늦게 시작했지만, 한정훈의 페이스는 가팔랐다. 전반기 10경기에 등판해 10승을 쓸어 담으며 사이영상 경쟁자들과의 격차를 단숨에 좁혀 버렸다.

한정훈의 합류 속에 레드삭스와 힘겨운 선두 경쟁을 벌이던 양키즈도 순항을 거듭했다. 5월이 지나기 전에 지구 선두에 올라서더니 전반기를 61승 32패로 마무리하며 메이저리그 전체 승률 1위를 달성했다.

"양키즈의 지구 우승은 확정적입니다."

"한정훈이 합류하면서 지쳤던 선발진과 불펜진이 다시 살아났다는 게 고무적입니다."

한정훈 복귀 효과에 반신반의하던 전문가들은 재빨리 얼굴을 바꿨다. 한정훈과 재계약을 신중히 생각해야 한다는 전문가들조차 입장을 바꿔 양키즈 구단이 한정훈과의 재계약에 미온적인 태도를 보이고 있다며 질타했다.

그런 와중에 한정훈이 올스타전 선발을 고사하는 일이 벌어졌다.

"올해 양키즈의 에이스는 누가 뭐래도 하리모토 쇼타입니다. 올스타전에 뽑힌 양키즈의 선발투수 중에 누군가 올스타전 선발로 나가야 한다면 당연히 하리모토 쇼타라고 생각합니다."

한정훈은 자신보다 팀을 위해 고생한 하리모토 쇼타를 올스타전 선발로 추천했다.

실제 19경기에 선발 등판해 10승 3패, 평균 자책점 2.55를 기록 중인 하리모토 쇼타는 한정훈이 없는 동안 1선발로 제 몫을 다해주었다.

한정훈이라는 우산이 사라지면서 평균 자책점이 예년에 비해 다소 높아지긴 했지만, 데이터상으로는 아메리칸리그 올스타 선발로 나서도 아무런 문제가 없었다.

그러나 정작 하리모토 쇼타는 한정훈을 대신해 올스타전 선발로 나서고 싶은 마음이 눈곱만큼도 없었다.

"누굴 매장시키려고 이래?"

하리모토 쇼타는 즉시 조지 지라디 감독을 찾아가 한정훈의 자리를 빼앗을 생각이 없다는 뜻을 분명히 밝혔다.

"허허, 이것 참 난감한데."

조지 지라디 감독은 결국 언론의 힘을 빌렸다. ESPM과 콕스 TV를 통해 아메리칸리그 선발을 결정하겠다고 선언한 것이다.

결과는 보나마나였다. 응답자 중 97.2%가 한정훈을 꼽았다. 하리모토 쇼타에게도 기회를 줘야 한다는 대답은 1.4%에 불과했다. 둘 중 누구라도 상관없다는 대답도 고작 1.4%뿐이었다.

실로 압도적인 지지 속에 아메리칸리그 선발로 결정된 한정훈은 인터뷰를 통해 팬들의 성원에 감사를 표했다.

그러면서 소란을 일으킨 대가로 이번 올스타전에서 최선을 다해 MVP를 노려보겠다고 다짐했다.

한정훈의 올스타전 MVP 도전에 전문가들은 애써 웃음을 흘렸다.

"한정훈이라면 얼마든지 MVP를 받을 자격이 있습니다. 하지만 올스타전은 쉽지 않을 겁니다. 한정훈이 잘 던지더라도 결승타를 친 타자들보다 임팩트 있는 활약을 펼치긴 어려울 테니까요."

"제 생각도 같습니다. 한정훈이 3이닝을 퍼펙트로 틀어막고 모든 타자에게 전부 삼진을 빼앗는다면 또 모르겠지만 이번에도 타자 중에 MVP가 나올 가능성이 커 보입니다."

전문가들은 제아무리 한정훈이라 해도 올스타전 MVP는 쉽지 않을 거라 여겼다.

마리아 리베라처럼 메이저리그 은퇴 기념으로 받는다면 또 모르겠지만 투수보다 타자가 스포트라이트를 받기 쉬운 올스타전 특성상 한정훈의 수상 가능성은 적다고 점쳤다.

그러나 한정훈은 정말로 3이닝 동안 9명의 타자를 삼진으로 돌려세우며 결승 홈런을 때린 모렐 카스티요를 제치고 올스타전 MVP를 차지해 버렸다.

그뿐만이 아니었다. 후반기가 시작되기가 무섭게 구속을

105.8mile/h(≒170.3km/h)까지 끌어올리더니 연승 행진을 달리며 사이영상 4연패를 향해 질주하기 시작했다.

"정말 대단한 선수입니다. 솔직히 한정훈의 사이영상 4연패는 정말 어려운 일이 될 거라 생각했는데요."

"정규 시즌이 3주 가까이 남은 상황에서 벌써 20승을 돌파했습니다. 아메리칸리그에서 한정훈보다 많은 승수를 챙긴 투수는 아무도 없습니다."

"어디 그것뿐입니까? 탈삼진도 벌써 350개를 넘어섰습니다. 한정훈이 4경기 정도 더 나온다고 가정했을 때 4년 연속 400탈삼진 돌파도 불가능해 보이지 않습니다."

야구 전문가들은 한정훈의 누적 스탯에 감탄을 금치 못했다.

평균 자책점을 비롯해 각종 평균 스탯들이야 한정훈이 워낙 독보적이다 보니 거론할 필요가 없지만 한 달 이상 결장한 가운데 누적 스탯까지 선두로 올라섰다는 건 결코 쉬운 일이 아니었다.

자연스럽게 한정훈의 MVP 3연패 논쟁도 가시화됐다.

ㄴ이러다 한정훈이 또 MVP 받는 거 아냐?

ㄴ그건 아니지. 한정훈이 작년만큼 성적을 냈다면 모르겠지만 아직 그 정도는 아니잖아.

ㄴ그거야 한 달 공백 때문에 그런 거고.

ㄴ어쨌든. 부상당하지 않고 꾸준히 활약하는 것도 MVP의 덕목 중 하나라고.

ㄴ그래서? 한정훈 말고 누가 받아야 하는데? 어디 말이나 들어보자.

ㄴ누가 받아야 하는지가 중요한 게 아니라 적어도 한정훈이 또다시 MVP를 받을 정도는 아니라는 소리야.

ㄴ그게 무슨 말 같지도 않은 헛소리야? 받을 사람은 없지만, 한정훈은 안 된다. 이거야?

ㄴMVP는 타자들에게 주던 상이라고. 한정훈이 실력으로 MVP를 빼앗아 갔으면 그에 준하는 기록을 내야지. 작년보다 못한 상태에서 다시 타자들의 밥상을 뒤엎는 건 아니라고 봐.

야구팬들은 모였다 하면 MVP 이야기를 꺼내며 싸워댔다.

양키즈 팬들을 비롯해 한정훈을 좋아하는 팬들은 한정훈이 또다시 MVP를 받아도 상관없다는 입장이었다.

스트라이크존 확대로 인해 타자들의 누적 스탯이 전반적으로 하락한 상황에서 사이영상 4연패를 눈앞에 둔 한정훈을 배제한다는 건 말이 되지 않는다고 주장했다.

반면 MVP를 타자들에게 다시 돌려줘야 한다는 반론도 만만치 않았다. 특히나 MVP급 활약을 펼치는 모렐 카스티요를 앞세운 레드삭스 팬들의 반발이 거셌다.

그러자 보다 못한 ESPM이 내셔널리그 팬들을 대상으로 투표에 들어갔다.

누가 아메리칸리그 MVP에 적합한가.

1. 모렐 카스티요(레드삭스)

2. 그린 버드(양키즈)

3. 마이크 트라우스(에인젤스)

4. 한정훈(양키즈)

ESPM은 후보군을 최소화했다.

34홈런으로 아메리칸리그 홈런 1위를 달리는 모렐 카스티요(0.288/0.373/0.565, 114타점)와 리그 타점 선두를 달리는 그린 버드(0.315/0.385/0.535 31홈런 119타점), 그리고 타율과 출루율 1위를 고수하고 있는 마이크 트라우스(0.333/0.397/0.505 26홈런 91타점)를 한정훈의 경쟁자로 꼽았다.

그 외 제이크 햄튼과 하리모토 쇼타 등 다른 유력 후보는 과감하게 배제시키며 한정훈과의 경쟁을 유도했다.

"이거 재미있겠는데?"

"그러게 말이야. 나도 이것 때문에 요즘 골치 아팠거든."

아메리칸리그 기자들은 하나같이 내셔널리그 팬들의 투표 결과에 귀를 기울였다. 내셔널리그 팬들이 생각하는 MVP라면 어느 정도 중립성을 갖출 것이라 여겼다.

그러나 투표 결과는 일방적이었다.

1. 모렐 카스티요(레드삭스) 11.7%
2. 그린 버드(양키즈) 12.3%
3. 마이크 트라우스(에인젤스) 3.3%
4. 한정훈(양키즈) 72.7%

대부분의 내셔널리그 팬이 한정훈이 MVP를 받아야 한다고 주장했다.

이유도 간단명료했다.

ㄴ한정훈의 복귀전과 복귀 후의 양키즈의 성적을 보라고. 양키즈의 선수 중 한정훈보다 팀에 기여한 선수는 없어. 그리고 다른 후보들을 통틀어 양키즈의 4번 타자 그린 버드보다 MVP에 가까운 선수도 없지. 그럼 이야기 끝난 거잖아. 안 그래?

ㄴ솔직히 아메리칸리그 타자들 입장도 이해는 가. 만약 한정훈이 내셔널리그에 와서 우리 팀 타자의 MVP를 빼앗는다

면 나도 화가 나겠지. 하지만 객관적인 성적을 놓고 보더라도 한정훈이 제일 나아 보이는 건 나뿐일까?

ㄴ사이영상은 투수, MVP는 타자라는 이분법적 논점에서 벗어날 필요가 있어. 타자들은 타자들을 위한 상을 따로 재정하든가, 아니면 MVP를 MVB(Most Valuable Batter)로 바꾸라고. 실력으로 최고가 되어야지 타자라는 이유만으로 MVP를 받겠다는 건 너무 이기적인 거 아냐?

ㄴ굳이 내셔널리그 팬들을 대상으로 설문 조사를 할 필요가 있을까? 아메리칸리그 팬들을 대상으로 해도 결과는 똑같을 거 같은데?

ㄴ이건 정말이지 멍청한 질문이라고. 내가 다시 물어볼까? 네 명 중 5천만 달러를 해당 팀에 주면 우리 팀에 한 명을 데려올 수 있어. 자, 누구를 데려올래?

ㄴ그야 당연히 한정훈이지.

ㄴ누가 뭐래도 한정훈.

ㄴ이러니까 좀 명확해지네. 나도 한정훈.

ㄴ이건 미치지 않고서야 한정훈.

ㄴ저기 네 명 중 5천만 달러나 퍼주고 데려올 선수는 한정훈뿐이야.

ㄴ한정훈이라면 1억 달러도 오케이.

ㄴ내 돈 주는 거 아니겠지만 2억 달러도 괜찮아. 계약 기

간이 문제겠지만.

ㄴ제발 이번에 한정훈이 다저스 유니폼을 입었으면 좋겠어.

ㄴ꿈 깨! 한정훈은 자이언츠에 오기로 이야기 끝났다고.

ㄴ너야말로 헛소리는 집에 가서 해. 한정훈은 컵스로 올 거야. 확실하다고!

투표 결과를 확인한 아메리칸리그 기자들은 하나같이 난처한 표정을 감추지 못했다.

한정훈이 건재하는 한 아메리칸리그 타자들의 MVP 수상은 불가능하다는 이야기가 나도는 상황에서 올해마저 한정훈이 MVP를 가져간다면 한정훈의 장기 독재를 막을 방법이 없었다.

그렇다고 여론을 무시한 채 무작정 다른 타자들에게 표를 몰아줄 수도 없는 노릇이었다.

"하아, 이거 어쩔 수 없는걸."

"그러게 말이야."

"일단 조금 더 기다려 보자고. 모렐 카스티요가 50홈런을 넘길지도 모르니까."

"50홈런? 지금 장난하는 거지? 모렐 카스티요의 50홈런을 기다리느니 한정훈의 올 시즌 전승을 기대하는 편이 낫겠다."

MVP 논란이 잠시 수면 아래로 가라앉은 사이 2025시즌도 끝이 났다.

양키즈는 106승 56패를 거두며 압도적인 성적으로 아메리칸리그 동부 지구 1위를 차지했다.

아메리칸리그 중부 지구 1위는 인디언스, 서부 지구 1위는 애스트로스가 차지했다.

양키즈의 디비전 시리즈 파트너를 결정지을 와일드카드 결정전에는 중부 지구 2위 화이트삭스와 서부 지구 2위 레인저스가 맞붙었다.

전반기 때까지만 해도 와일드카드에 가장 가까웠던 레드삭스는 시즌 막판 양키즈와의 홈 4연전을 전패하면서 와일드카드 쟁탈전에서 탈락하고 말았다.

아메리칸리그 대진이 완성되자 각 팀의 희비가 엇갈렸다.

일단 최대 챔피언십 시리즈를 기대할 수 있는 인디언스와 애스트로스 팬들의 반응은 뜨거웠다.

반면 디비전 시리즈에 올라간다 해도 양키즈를 상대해야 하는 레인저스와 화이트삭스 팬들은 일찌감치 기대를 접은 상태였다.

양키즈 팬들은 레인저스보다 화이트삭스가 올라오길 바랐다.

ㄴ알링턴 파크는 최악이라고. 레인저스보다는 화이트삭스

원정이 백번 나아.

└4차전에 한정훈을 등판시킬 거라면 레인저스도 상관없긴 해. 하지만 선수들 컨디션을 감안한다면 이동 거리가 먼 텍사스보다는 시카고가 조금 더 낫겠지.

양키즈 팬들의 바람처럼 화이트삭스는 텍사스 원정 경기에서 7 대 5 역전승을 거두며 디비전 시리즈에 올라왔다.

하지만 상승세는 거기까지였다. 1차전에서 한정훈에게 4 대 0 완봉패를 당한 데 이어 2차전에서도 하리모토 쇼타에게 7회까지 끌려다니다 8 대 1로 대패했기 때문이다.

3차전에서 에이스 카를로 론돈을 내세워 3 대 2, 한 점 차 신승을 거둔 화이트삭스 로인 벤츄라 감독은 성원하는 팬들을 위해서라도 승부를 5차전까지 끌고 가겠다고 말했다.

올 시즌 부상 전력이 있는 한정훈이 4차전에 등판할 가능성이 적다고 판단한 것이다.

하지만 한정훈은 자청해서 4차전에 등판했다. 그리고 화이트삭스 타선을 7회까지 퍼펙트로 막아내며 팀의 7 대 0 승리를 이끌었다.

디비전 시리즈에서 홀로 2승을 책임지며 디비전 시리즈 MVP를 거머쥔 한정훈의 활약은 챔피언십 시리즈에서도 계속됐다.

인디언스를 상대로 첫 경기인 1차전과 마지막 경기 5차전에서 선발 등판해 17이닝 동안 3피안타, 무실점 호투를 펼치며 양키즈를 또다시 월드 시리즈 무대에 올려놓았다.

애스트로스와 5차전까지 가는 접전을 펼치느라 선발 로테이션이 완전히 꼬여 버린 인디언스는 양키즈에 힘 한번 써보지 못하고 4승 1패로 무너져 버렸다.

그나마 1승도 조지 지라디 감독이 한정훈을 5차전으로 미룬 덕분에 겨우 얻어낸 결과였다.

양키즈가 일찌감치 챔피언십 시리즈를 끝낸 반면 가을 좀비라 불리는 카디널스와 메츠가 맞붙은 내셔널리그 챔피언십 시리즈는 7차전까지 가는 접전이 펼쳐졌다.

결과는 에이스 노아 선더가드를 내세워 7차전을 잡아낸 메츠의 승리. 그렇게 2000년 이후 25년 만에 서브웨이 월드 시리즈가 시작됐다.

뉴욕 언론은 신이 났다. 어느 팀이 이기더라도 뉴욕의 승리라며 앞다투어 기사를 쏟아냈다. 몇몇 언론은 7차전까지 가는 명승부가 펼쳐질지 모른다며 설레발을 떨어댔다.

하지만 전문가들은 생각보다 싱거운 월드 시리즈가 될 수 있다고 전망했다.

"메츠에 노아 선더가드가 있다고는 하지만 한정훈은커녕 하리모토 쇼타를 상대로도 승리를 자신하기 어렵습니다."

"그뿐만이 아니죠. 메츠의 투수들은 지쳐 있습니다. 반면 양키즈의 투수들은 충분한 휴식을 취한 상태입니다."

"1차전 선발부터가 문제입니다. 한정훈을 상대로 스티브 메츠라니요. 이래서는 경기 자체가 되지 않을 겁니다."

"제 생각도 같습니다. 한정훈을 상대로 승리를 거두지는 못하더라도 최대한 오래 마운드에 붙들어 둘 계획을 짜야 합니다. 한정훈의 투구 이닝이 길어지면 양키즈도 그만큼 휴식을 부여할 수밖에 없습니다. 자연스럽게 한정훈의 등판을 최소로 억제시킬 수 있습니다."

"1차전이 중요합니다. 내주는 경기라고 해서 무작정 분위기를 내줬다가 만회하기 어려워질지 모릅니다."

"지금으로서는 테리 컬링스 감독이 선발을 교체하는 게 최선입니다. 노아 선더가드는 어렵겠지만 2선발인 맷 아비라도 내세워야 합니다."

전문가들은 메츠가 1차전부터 전력을 다해야 한다며 한목소리로 조언했다. 그러나 한정훈이라는 괴물 같은 투수를 상대해야 하는 입장에서는 무작정 전력을 허비할 수가 없었다.

"흔들리지 말자. 이게 최선이야."

테리 컬링스 감독은 당초 구상대로 스티브 메츠를 1차전에 올렸다. 한정순을 상대로 승리를 기대하진 않았다. 그저 시즌 때처럼 6이닝 이상 잘 버텨주기만을 바랐다.

그러나 스티브 메츠는 3회를 버티지 못하고 무너져 버렸다. 그렇게 투수 손실을 최소화해서 어떻게든 시리즈를 버텨보겠다던 테리 컬링스 감독의 계산은 물거품이 되고 말았다.

1차전 5 대 0.

2차전 4 대 1.

3차전 3 대 2.

시리즈 스코어 3 대 0에서 조지 지라디 감독이 뽑아 든 카드는 또다시 한정훈이었다.

한정훈은 타석에 들어서는 불편함을 감내하며 8이닝 2피안타 무실점 호투를 펼쳤다. 그리고 양키즈의 월드 시리즈 3연패를 제 손으로 이뤄냈다.

"많은 팬분께서 제 계약 문제로 걱정하고 계시다는 거 잘 알고 있습니다. 그래서…… 옵트아웃을 행사하지 않을 생각입니다."

월드 시리즈 MVP 인터뷰에서 한정훈은 양키즈 팬들을 위해 4년째 계약 후 주어지는 옵트아웃 포기를 선언했다.

그 한마디가 양키즈 스타디움을 또다시 열광의 도가니로 만들어버렸다.

하지만 정작 브라이언 캐시 단장을 비롯한 양키즈 구단 관계자들은 당혹감을 감추지 못했다. 하인 스타인브리너 구단주도 직접 브라이언 캐시 단장에게 전화를 걸어 불같이 화를 냈다.

-대체 일을 어떻게 하고 있는 거예요? 무슨 이야기를 어떻게 했기에 한정훈이 옵트아웃을 포기하겠다고 하는 거냐고요!

"그, 그게 에이전트와는 이야기를 잘 진행하고 있었는데……."

-변명 따위 듣고 싶지 않아요! 당장 한정훈에게 새로운 계약서를 받아 와요! 돈은 얼마든지 들어도 좋으니까 지금 당장 받아 오라고요!

"후우……."

브라이언 캐시 단장이 길게 한숨을 내쉬었다. 박찬영 대표와 한정훈의 재계약에 대해 좋은 분위기를 이어가고 있었는데 갑자기 한정훈이 옵트아웃 포기를 선언할 줄은 예상하지 못한 것이다.

물론 한정훈의 마음을 모르진 않았다. 한 달여 가까이 마음고생 하며 기다려 준 팬들에 대한 미안함과 에이스로서 책무를 다하지 못했다는 죄책감에 기존 계약을 끝까지 이수하겠다는 생각만큼은 더없이 고마웠다.

하지만 그렇게 될 경우 양키즈는 한정훈과 불안한 동거를

1년 더 이어가야 한다. 다행히도 한정훈이 현재 양키즈 생활에 상당히 만족하고 있지만, 내년 일은 어찌 될지 그 누구도 장담하기 어려웠다.

올해 한정훈의 부활을 지켜봤으니 미심쩍은 눈으로 지켜보던 다른 구단들도 대놓고 돈 보따리를 열어젖힐 터.

그때 피 튀기는 쟁탈전을 벌이느니 차라리 올해 속 편히 연장 계약을 체결하는 편이 백번 나은 일이었다.

"방법을 찾아야 해, 방법을."

브라이언 캐시 단장은 긴급회의를 소집해 한정훈을 설득시킬 수 있을 만한 계약 조건들을 정리했다. 그리고 곧장 한국으로 날아가 박찬영 대표의 맞은편에 앉았다.

"필요하시면 연락을 주시지 그러셨습니까. 제가 뉴욕으로 갔을 텐데요."

"아닙니다. 한정훈 선수의 일인데 당연히 제가 직접 와야죠. 그리고 이것 좀 봐 주십시오."

브라이언 캐시 단장이 정중하게 계약서 초본을 내놓았다. 그것을 꼼꼼히 훑어본 박찬영 대표가 흥분을 감추지 못했다.

"정말 이대로 계약하실 생각이 있으신 겁니까?"

"물론입니다. 참고로 구단주께도 승낙을 받은 상태입니다."

"이 계약이 알려지면 파장이 커질 텐데요."

"상관없습니다. 언론의 우려야 한정훈 선수가 실력으로

무마시킬 테고 다른 선수들도 실력에 준하는 대우를 해주면 그만이니까요."

"그렇다면…… 한정훈 선수를 만나 보겠습니다."

"가능하다면 저도 동석했으면 좋겠습니다."

박찬영 대표와 브라이언 캐시 단장은 다시 뉴욕으로 날아갔다. 그리고 모모코와 오붓한 시간을 보내고 있는 한정훈의 집을 찾아갔다.

"올해도 고생하셨는데 쉬지도 못하게 해드려 미안합니다, 한정훈 선수. 하지만 너무 좋은 조건이라서요. 한정훈 선수가 다시 한 번 생각해 줬으면 해서 이렇게 찾아왔습니다."

박찬영 대표가 한정훈에게 계약서를 내밀었다. 그러자 모모코가 조심스럽게 한정훈의 옆자리에 앉아서 계약서를 힐끔거렸다.

"흠……."

계약서를 천천히 살펴본 한정훈이 묘한 표정을 지었다.

과분한 돈을 받고 메이저리그에 건너와 받은 돈이 아깝지 않도록 열심히 공을 던진 것뿐인데 양키즈는 4년 전보다 훨씬 더 과분한 조건으로 자신을 당혹스럽게 만들고 있었다.

하지만 싫지는 않았다. 거절할 명분도 없었다. 양키즈가 아닌 그 어떤 구단도 이보다 더 좋은 조건을 제안해 줄 것 같지 않았다.

실력을 유지해도 나이가 걸릴 수밖에 없었다. 한창때인 20대와 30대로 접어든 투수의 기대치와 위험 부담은 전혀 다른 이야기였다.

“제가 이 계약을 받을 자격이 있을까요?”

한정훈이 조심스럽게 박찬영 대표를 바라봤다. 그러자 박찬영 대표가 씩 웃더니 핸드폰 기사 하나를 내밀었다.

그곳에는 ‘아메리칸리그 MVP 한정훈! 3년 연속 사이영상–MVP 독식!’이라는 기사가 떠 있었다.

“발표일이 내일이 아니었나요?”

“한정훈 선수가 계속 신경 쓰실 것 같아서 김상엽 팀장이 내일로 알려줬다고 합니다.”

“상엽이 형도 참. 어쨌든 기분은 좋네요.”

“이만하면 대답이 됐을까요?”

박찬영 대표는 굳이 아메리칸리그 최초의 MVP 3연패를 달성했다는 부연 설명을 하지 않았다.

한 달여간의 공백 속에서도 MVP로 선정됐다는 것 자체가 한정훈의 실력과 가치를 충분히 대변해 주고 있다고 여겼다.

“정훈, 양키즈를 위해 계약을 받아줘요.”

브라이언 캐시 단장도 조심스럽게 입을 열었다. 그러자 한정훈이 피식 웃음을 흘렸다.

“이토록 좋은 조건이라면…… 해야겠죠?”

한정훈이 나직이 중얼거렸다. 그렇게 한정훈과 양키즈 간의 연장 계약이 체결됐다.

계약 기간 12년.

계약 총액 미정.

2026년 연봉 8,500만 달러.

2027년 연봉 9,000만 달러.

2028년 연봉 9,500만 달러.

2028년 이후 선수가 원할 시 매해 옵트아웃 가능.

2028년 이후 선수가 원할 시 매해 연봉 조정 가능(전년도 연봉의 20% 이내).

〈完〉

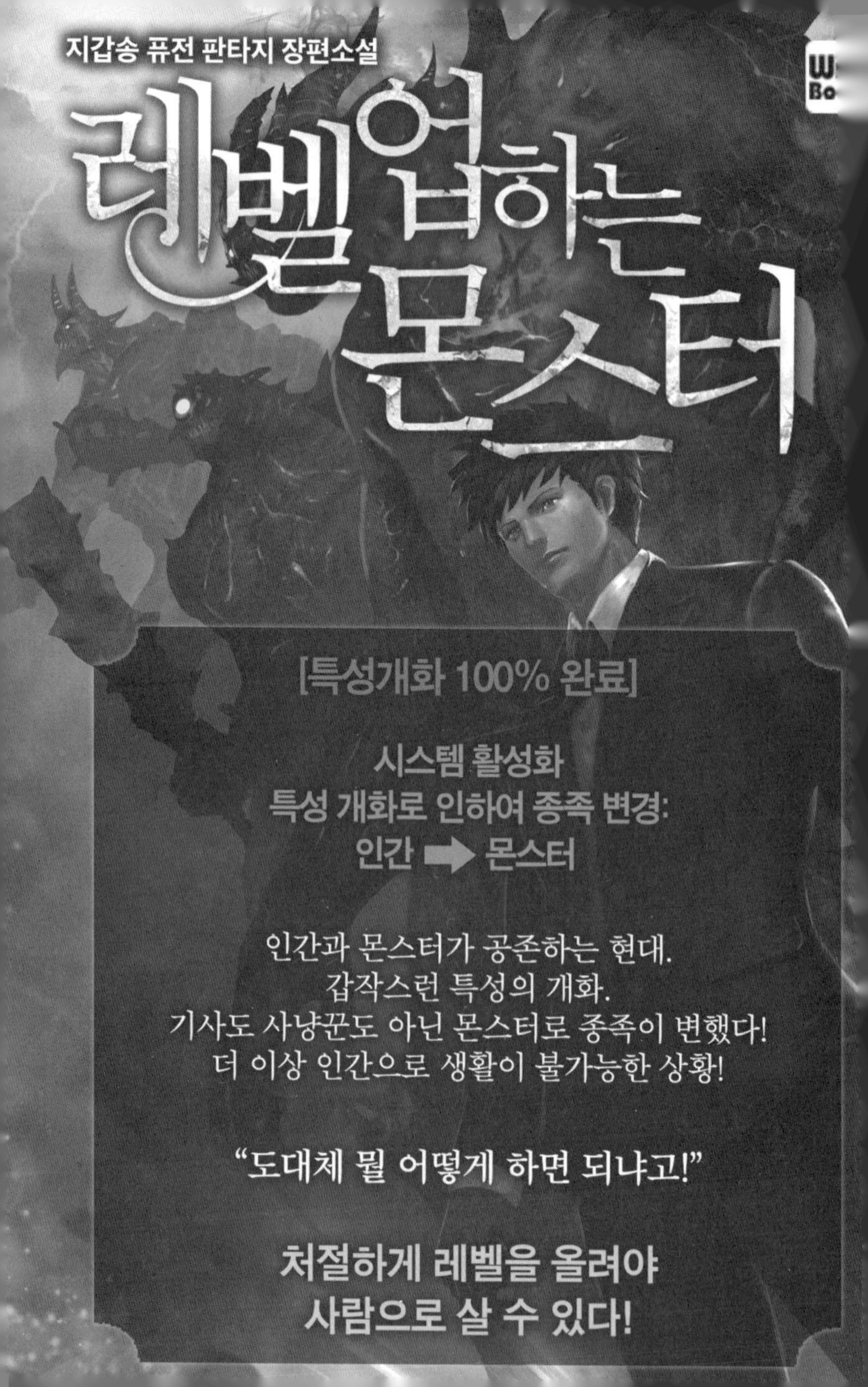
지갑송 퓨전 판타지 장편소설
레벨업하는 몬스터
[특성개화 100% 완료]
시스템 활성화
특성 개화로 인하여 종족 변경:
인간 ➡ 몬스터
인간과 몬스터가 공존하는 현대.
갑작스런 특성의 개화.
기사도 사냥꾼도 아닌 몬스터로 종족이 변했다!
더 이상 인간으로 생활이 불가능한 상황!
"도대체 뭘 어떻게 하면 되냐고!"
처절하게 레벨을 올려야
사람으로 살 수 있다!